AF 139352

Evelyne von Heimburg (Hrsg.)

FELL FEDER HERZ
Tiergeschichten

liebenswert

spannend

26 Autorinnen und Autoren
unterstützen Tierheime

FELL FEDER HERZ

Tiergeschichten

liebenswert

spannend

Evelyne von Heimburg (Hrsg.)

Zur Erinnerung an meinen geliebten Hund Ricky
Evelyne von Heimburg

Impressum

© 2016 Evelyne von Heimburg (Hrsg.)

Redaktion: Evelyne von Heimburg, Uta Grabmüller, Meike K.-Fehrmann

Coverbild: © Walter Niederberger

Covergestaltung: Anna Werr Werbeagentur

Herstellung und Verlag: BoD – Books on Demand, Norderstedt

ISBN 9-783741-253058

Printed in Germany

Bibliografische Information der Deutschen Nationalbibliothek: Die Deutsche Nationalbibliothek verzeichnet diese Publikation in der Deutschen Nationalbibliografie; detaillierte bibliografische Daten sind im Internet über http://dnb.dnb.de abrufbar.

Inhaltsverzeichnis

Vorwort

Evelyne von Heimburg

Tierisch gut.

Phantasie und Gefühl.
Unglaubliches und Wahres.
Hochdeutsches und Bairisches.

Damit erreicht das Buch die Herzen der kleinen und großen Leser. Ein Buch für den Enkel, die Oma, den Opa, die Mutter, den Vater.

Alle Autorinnen und Autoren haben ihre Texte für den guten Zweck honorarfrei zur Verfügung gestellt. Darunter sind auch Schriftstellerinnen und Schriftsteller aus dem Verein „Chiemgau-Autoren e.V." und dem „Münchner Literaturbüro e.V.". Die Geschichten sollen den Tieren in Heimen helfen, denn der Reinerlös geht an den Tierschutz.

Mit jedem gekauften Exemplar lindern Sie, lieber Leser, liebe Leserin, ein wenig die Not unserer haarigen und fedrigen Mitlebewesen.

Gebrauchsanweisung

Setzen Sie sich gemütlich aufs Sofa – mit einer duftenden Tasse Tee, ein paar Plätzchen – und genießen Sie das liebevoll geschriebene Buch.

Noch besser: Sie lesen es Ihrem Kind oder Enkel vor. Auch Erwachsene, die sich ihr Kinderherz bewahrt haben, werden sich an den Geschichten erfreuen.

Der treue Tasso

Nora Berger

Endlich hatten wir es geschafft! Unser Umzug mit Kind und Kegel in ein kleines Häuschen mit Garten war geschafft und wir hatten uns eingerichtet. Nur ein Hund fehlte uns noch! Aber was für einer sollte es sein? Ich hatte mir immer einen Schäferhund gewünscht, und da wir ein wenig abseits der Stadt wohnten, war das ein guter Grund, sich nach einem solchen umzusehen. Mit meinem Halbtagsjob und den drei- und sechsjährigen Jungs sollte es allerdings nicht unbedingt ein pflegebedürftiger Welpe sein. Also sahen mein Mann und ich uns im Tierheim um, doch wir fanden keinen Hund, der unser Herz auf Anhieb berührte. Da hörten wir von einem Bekannten, dass jemand einen Platz für seinen zweijährigen Schäferhund suchte, den er wegen beruflicher Versetzung in gute Hände geben wollte. Der Mann hieß Franz Huber und wohnte in Passau. Wir machten uns zu einer Besichtigung auf. Als ich Tasso zum ersten Mal sah, kam er auf mich zu, leckte meine Hände und sah mich aus seinen treuen, braunen Augen so aufmerksam an, als verstünde er, um was es ging. Ich verliebte mich auf der Stelle in ihn – und das muss er gespürt haben. Er war bildschön, hatte ein glänzendes Fell, einen perfekten Wuchs und schien menschliche Gefühle zu spüren und erraten. Franz Huber versicherte uns, er sei auch ausgesprochen kinderlieb. Wir konnten uns mit eigenen Augen von seiner guten Erziehung überzeugen und davon, dass er aufs Wort gehorchte. Er hatte überdies eine Schutzhund-Prüfung hinter sich. Die Kinder waren begeistert, er ließ sich von ihnen anfassen, streicheln und lief mit ihnen um die Wette. Alles in allem schien er der perfekte Hund für unsere Familie zu sein.

Franz Huber hatte Tränen in den Augen, als er „seinen" Hund kurze Zeit später zu uns brachte. Er riet uns, ihn bei dem schönen Frühlingswetter draußen zu lassen – das sei er gewohnt. Wir hatten schon alles für „Tasso" hergerichtet und sogar eine Hundehütte gekauft. Unser Zaun war zudem so hoch, dass er nicht hinüberspringen konnte. Als Tassos Herrchen fortfuhr, zog sich der Hund traurig in seine neue Hütte zurück. Wir konnten ihn mit nichts trösten, nicht mit Futter oder Leckereien. Nach einer Weile ließen wir ihn in Ruhe. Er würde sich schon noch eingewöhnen, sagten wir uns. Tasso schien jedoch zu ahnen, was da vorging und dass er sein Herrchen nie mehr wiedersehen würde. Alles war ruhig, als wir zu Bett gingen. Doch am nächsten Morgen war der Hund verschwunden. Wir untersuchten den Zaun, jede Ecke des Gartens. Wo war er? Wo versteckte er sich?

Doch dann entdeckte Gerd, unser Ältester, ein großes Loch im Boden. Es war gerade mal so tief, dass ein Hund sich unter dem Zaun hindurchzwängen konnte. Tasso hatte es gegraben und war entwischt. Er wollte sein Herrchen suchen, das ihn verlassen hatte. Die Aufregung war groß. Wir telefonierten nach Passau und Franz Huber machte sich sofort auf den Weg. Schon mittags war er da. Wir hatten inzwischen erfolglos die Gegend abgekämmt, Tasso aber nicht gefunden. Wieder machten wir uns auf den Weg. Franz Huber rief, lockte, suchte viele Kilometer weit mit uns. Es gab eine Bahnlinie, gefährliche Straßen – würde Tasso all diese Gefahren überleben? Ohne Erfolg musste die Suche am Abend in der Dunkelheit abgebrochen werden. Franz Huber fuhr, ohne etwas bewirkt zu haben, nach Passau zurück. Traurig, erschöpft und ohne Hoffnung saßen wir mit den Kindern um den Abendbrottisch. Wir hatten einen wunderbaren Hund bekommen – ihn aber gleich wieder verloren. Am nächsten Morgen, einem Sonntag, besprachen wir die neue Suche, dachten daran, eine Anzeige aufzugeben. Die Kinder gingen in den Garten um zu spielen. Nach kurzer Zeit kamen sie ganz aufgeregt zurück. „Überraschung!", riefen sie. „Der Tasso ist wieder da!"

„Was? Der Tasso ist wieder da?", wiederholten mein Mann und ich ungläubig. Doch dann liefen wir so schnell wir konnten hinaus in den Garten. In der Hundehütte saß Tasso und sah uns mit dem Ausdruck schmerzlicher Ergebenheit in sein Schicksal entgegen. Ja, ich weiß, man soll Tiere nicht vermenschlichen – aber ich kann seine Miene nicht anders beschreiben. Er legte den Kopf auf die Pfoten und stieß so etwas wie einen resignierten Seufzer aus. Seine Augen blickten melancholischer denn je. Auch die Kinder spürten seine Trauer. Sie legten die Arme um ihn, streichelten, trösteten ihn und boten ihm einen Zipfel Wurst an, den er ablehnte. Auf einmal verließ Tasso die Hütte, kam auf mich zu und legte seine Schnauze in meine Hände. Gerührt streichelte ich sein schönes, weiches Fell. Ich bin sicher, er wollte mir mit dieser Gebärde etwas sagen. Und wirklich sind wir danach unzertrennliche Freunde geworden. Wie sich später zeigen sollte, hätte er sogar sein Leben bedenkenlos für mich eingesetzt.

Aber was war denn nun eigentlich geschehen? Tasso war durch das Loch, das er gegraben und durch das er geflohen war, wieder zurückgekehrt. Das war eine Tatsache – und irgendwie ein kleines Wunder. Aber wieso hatte er das gemacht? Wir telefonierten die freudige Nachricht sogleich nach Passau. Franz Huber war überhaupt nicht erstaunt. Er erklärte uns, er habe eine Spur für Tasso gelegt. Auf seiner Suche nach ihm habe er in Abständen immer auf den Weg gespuckt – bis zu unserem Haus und in Tassos Hütte. Der Hund hatte die Signale verstanden – die Trennung von seinem Herrchen akzeptiert und war in sein neues Zuhause zurückgekehrt. Jetzt gehörte er zu uns – nun waren wir seine Familie. Und er hielt uns die Treue – sein Leben lang.

Der Hund

Ursula Dimper

Ich sah den Hund zum ersten Mal, als ich aus der Bar kam. Über dem Meer war der Himmel schon hell. Ein kleiner Hund mit schwarzweißem Fell. Er legte den Kopf schief und sah mich an. Ich nahm den Weg über den Strand. Als ich mir die Schuhe auszog, bemerkte ich den Hund hinter mir. Er folgte mir bis zu den Stufen, die zur Hotelanlage hinauf führten. „Geh nach Hause!" Er setzte sich in den Sand und sah mir nach.

Ich stolperte in die Rezeption. Der Nachtportier schreckte vom Sofa hoch. Er reichte mir meinen Schlüssel. An der Rückseite des Empfangsgebäudes führte eine Glastür in den Garten. Die Sonne war aufgegangen. Blüten dufteten. Plötzlich war der Hund wieder neben mir. Ich fand meinen Bungalow, schloss die Tür auf und legte mich angezogen aufs Bett.

Das Telefon weckte mich. Der Hund schlief auf dem Bettvorleger. Die Eingangstür stand offen, draußen brütete die Hitze und drückte in den Raum. Ich stand auf und zog ein Strandkleid an. Dann nahm ich den Hund auf den Arm und ging mit ihm ans Meer. Das Wasser glitzerte und der

Sand blendete. Im Schatten einer Palme schliefen wir weiter.

Ich erwachte, weil der Hund an meinen Haaren kaute. Die Sonnenscheibe stand am Horizont und färbte die Wellen golden. Wir saßen nebeneinander und schauten aufs Meer, bis die Sonne untergegangen war. In der Dämmerung gingen wir bis zum Hoteltor. Ich öffnete es und streichelte ihn. „Du kannst nicht mit." Er setzte sich in den Sand. Schnell schloss ich das Tor hinter mir.

Nach dem Abendessen zog ich durch die Kneipen. Es endete wieder in der Bar am Meer. Als ich mit Carlos Hand in Hand heraus kam, schoss der Hund aus der Dunkelheit auf uns zu. Er knurrte meinen Begleiter an. „Chico, tranquillo" rief Carlos. „Er heißt Chico?" – „Claro." Bevor ich weiterfragen konnte, küsste er mich. Wir gingen Arm in Arm, und der Hund folgte uns mit angelegten Ohren. Vor meinem Hotel verabschiedete ich beide. Der Portier hatte meinen Schlüssel auf den Tisch gelegt und schlief weiter. Ich ging in den Garten und hörte Chicos wütendes Gekläffe. Auf meiner Veranda stand Carlos, und Chico sprang an ihm hoch. Bei den benachbarten Bungalows ging das Licht an; man schimpfte und fluchte in verschiedenen Sprachen in die Dunkelheit. Ich brachte den Mann und den Hund zum Strand.

Beim verspäteten Frühstück am nächsten Morgen lag ein Brief auf meinem Tisch. Darin wies mich die Hotelleitung darauf hin, dass es verboten war, Hunde oder Personen, die nicht Gäste des Hotels waren, in den Bungalow mitzunehmen. Ich packte Wurst vom Buffet in Servietten und ließ sie in meine Tasche gleiten.

Als ich den Strand erreichte, lief mir Chico entgegen. Er drängte sich an meine Beine und schnupperte an der Tasche. „Kluger Junge." Ich warf ein Stück Wurst in die Luft, das er mit seinen kleinen spitzen Zähnen schnappte. Schwanzwedelnd folgte er mir unter die Palme. Als ich mein Strandtuch ausgebreitet hatte, legte er sich sofort bäuchlings darauf. „Hallo, ich bin auch noch da." Ich schob ihn an den Rand und setzte mich. Nun ließ er sich zu meinen Füßen nieder und beobachtete mich aus dunklen Knopfaugen. Ich las mein Buch, kraulte seine weichen Ohren und fütterte ihn mit Wurst. Das Meer war heute wild, und die Wellen leckten bis zu uns hoch. Plötzlich duckte sich der Hund unter meiner Hand weg und lief los. Ein Mann mit Strohhut kam auf uns zu. Wie eine dunkle Kugel raste Chico am Wasser entlang und sprang in die ausgebreiteten Arme des Mannes. Mit dem Hund im Arm kam er näher. Er war groß, trug Jogginghosen und ein Hemd mit Papageienmuster. Unter dem Strohhut lugten graumelierte krause Haare hervor. „Ihr Hund ist das also," stellte ich fest, als er vor mir stand. „Ja, Señora. Er ist ein Herumtreiber. Aber ich weiß, dass er oft hier am Meer ist. Da fällt meistens etwas von den Touristen für ihn ab." Er bat um eine Zigarette und ließ sich neben mir im Sand nieder. Sofort ringelte sich Chico zu seinen Füßen ein. Wir rauchten und sahen auf die Wellen. „Hatten Sie schon einmal einen Hund, Señora?" fragte er nach längerem Schweigen. „Ja." Er vergrub den Stummel seiner Zigarette mit den Fingern im Sand. Ich sah auf seine breiten schwieligen Hände. „Und?" - „Er ist gestorben." - „Claro." - „Wieso ist das klar?" - „Wenn Ihr Hund noch leben würde, wären Sie nicht hier. So viele Stunden Flug entfernt von ihm." - „Woher wollen Sie das wissen?" - „Ich weiß es einfach. Und Chico auch." Der Hund hob den Kopf, als er seinen Namen hörte. „Der legt sich nämlich nicht einfach so zu einer fremden Frau und lässt sich die Ohren kraulen." Ich musste lachen. Und konnte nicht mehr aufhören. Er legte den Kopf in den Nacken und lachte mit. Sein Gebiss war schadhaft, doch es war das liebenswerteste Lachen, das mir seit langer Zeit untergekommen war. Er und der Hund leisteten mir unaufdringlich Gesellschaft, bis der rote Ball wieder im Meer versank. Dann begleitete er mich mit Chico bis zum Tor, das in den Hotelbereich führte. Dort gab er mir die Hand. „Ich bin

Juan. Und dafür verantwortlich, dass Sie immer guten Fisch im Hotel zu essen bekommen." Er hob Chico hoch und nahm ihn in den Arm wie einen Säugling. „Er ist wie mein Kind, aber wenn ich arbeite, kann ich ihn nicht mitnehmen."

In dieser Nacht schlief ich schlecht. Ich träumte wirr und schwitzte und schreckte aus dem Schlaf hoch mit tränennassem Gesicht. Ich schaltete das Licht ein und rauchte eine Zigarette, auch wenn das ungesund war. Im Traum war ich wieder Kind gewesen. Und nun war alles wieder gegenwärtig. Meine Eltern hatten mir zum Geburtstag meinen Herzenswunsch erfüllt und mir einen jungen Hund geschenkt, der als warmes Fellknäuel auf meinem Bettende schlief, mir überall nachlief, mir nach der Schule winselnd entgegen sprang und dem ich all meine Liebe geben konnte, für die sonst niemand Zeit hatte. Und dann die Katastrophe: Zwei Huskies jagten meinen Liebling auf der Hundewiese. Hilflos schreiend rannte ich hinterher. Dann die Strasse, das Auto, das Hupen, das Kreischen der Bremsen. Ein lebloses Fellbündel in der Straßenmitte. Mein Zusammenbruch.

Ich drückte die Zigarette aus und nahm eine Schlaftablette.

Meine Urlaubstage reihten sich aneinander wie bunte Perlen einer Kette. Ich hatte viel Spaß, und wenn ich nachmittags zum Strand kam, schoss Chico von irgendwoher auf mich zu. Er forderte seine Wurstration ein und legte sich zu meinen Füßen, sobald ich mein Strandtuch ausgebreitet hatte. Meistens kam Juan bei Sonnenuntergang vorbei, um ihn abzuholen. Wenn er nicht kam, begleitete Chico mich alleine bis zum Hoteltor. Dort blieb er stehen, bis ich aufgeschlossen hatte. Er sah mich dann erwartungsvoll an. „Du kannst nicht mit", sagte ich jedes Mal und betrat rasch die Hotelanlage.

Morgen würde ich zurückkehren in mein Leben in der großen Stadt. Aber an diesem Nachmittag wollte ich ein letztes Mal den Sonnenuntergang bewundern. Chico lag wie gewohnt auf meinem Strandtuch. Wehmut überfiel mich. „Chico, mein Junge. Ich werde dich vermissen." murmelte ich. Er wedelte mit dem Schwanz. Dann erhob er sich, um Juan entgegen zu laufen. „Hola, Juan," begrüßte ich ihn, als er mit dem Hund vor mir stand. „Gut, dass Sie gekommen sind. Ich reise morgen ab. Ich weiß nicht, ob ich Sie und Chico je wieder sehen werde." Er setzte sich neben mich in den Sand und betrachtete still mit mir das grandiose Schauspiel des versinkenden Feuerballs. „Sind Sie froh, wenn Sie wieder dort sind, wo Sie herkommen?" fragte er. „Ja. Da habe ich meine Freunde, meine Arbeit, meinen Sport, meine Bücher." - „Ist das alles?" - „Das ist alles, was ich brauche." - „Sind Sie sicher?" - „Ja. Ich brauche keinen Ehemann und keine schreienden Kinder." - „Und wenn Sie morgen in Ihre Wohnung zurück kommen, ist es da ganz still?" Ich lachte. „Nur am Anfang. Denn dann schalte ich das Radio ein oder ich höre Musik." Als das Licht grau zu werden begann, standen wir auf und Chico drängte sich schwanzwedelnd zwischen uns. Juan nahm den Hut ab und reichte mir die Hand. „Buen viaje, Señora. Gute Reise." - „Alles, alles Gute für euch beide", sagte ich und hatte diesen Kloß im Hals. „Señora!" Ich beugte mich hinunter, um Chico zu streicheln. Ein letztes Mal spürte ich sein weiches Fell unter meiner Hand. „Ja?" - „Ich bin nicht besonders klug. Aber eins weiß ich mit Sicherheit." Ich hatte mich wieder erhoben. Seine hellen grauen Haare strahlten in der Abendsonne wie ein Heiligenschein. „Sie brauchen wieder einen Hund, Señora."

Da oid Stoiihoos

Robert Xaver Gapp

Diam amoi, do gibds ebbs, dees glaabsd oafach ned, dass s sowos gibd – awa es gibds es pfeigrod.

„Ja wos hod a denn heit bloß, da Luggi?" sogd de Kath zu iam Buam. Da Luggi, dees war ia Hund, an oida Jagdhund, dea kaam no wos gsehng und grod no eddla Zähnd im Mei drin ghobd hod. Bäiid hod a wia a Damischa, koa Ruah hod a geem, und aufn Pfiif vo da Kath hod a aa ned ghead. Dann is s ausse und hod n aufm Misthauffn groom gsehng, mid seina Schnauzn hod a ebbas hin– und heagschoom. Gaanz ausm Heisl war a. Wias naachada higehd, siehgds, dass dees, des an Luggi so umtriem hod, da oid Stoiihoos vom Nachbarn Simmerl war. Leeblos, doud is a dogleeng, üwa und üwa volla Mist. „Um Himmes wuin", schreid de Kath, „unsa Luggi wead doch ned ebba den Hoosn doudbissn hom?" Sie steigd auffe aufn Misthauffn, scheichd an Hund weida und baggd den dreggadn Hoosn. „Ja wos mach i iatz bloß mid dem Viech do? Wenn da Simmerl des gschbannd, dann kannddad des scho an grimmign nachbarschaftlichn Grandd geem."

Sie hod n mid hoam gnomma und a da Waschkuche drin eigsoafed, miin Wassa owegspritzd und miin Handdiache odriggad. Wias dann miin doudn Hoosn aufm Arm zum Hof vom Simmerl gehd, kimds am Hoosnstoii vabei, wo de Dia weit aufgstandn is. Do is s da Kath kema: „Iatz woas i, wos i dua!", dengd si se, schaugd se um, obs ja koana siehgd – und legd den doudn Hoosn an Stoii eine, machd s Dial zua und schleichd se davo wia a Einbrecha. „Wead me scho koana gsehng hom!", dengd si se und stauchd dahoam an Luggi nomoi gscheid zam, dea se undda de Ofnbank vazoong hod.

Mords Gwissnsbiss hods ghobd, wia iara da Simmerl am Namedog üwan Weg laaffd – und iara vazäiid, daaß sei oida Stoiihoos de letzt Nochd gstorm is. „Und stäii da vor Kath, i hob n in da Fria aufn Misthauffn eigroom, und wia i dann vor ana Stund an Stoii sauwamacha woidd, do liegd doch pfeigrod da doud Hoos wieda drin – ja und aa no gaanz sauwa, wia friisch gwaschn! Du, i glaab, i spinn scho!" Do hod se de Kath nimma hoiddn kenna. Mid am Lacha vazäiids eam de ganz Gschicht. „Naa, sowos awa aa! Und i hob ma dengd, unsa oida Luggi waar no amoi zum Jaagan ganga! – Geh weida Luggi, muaßd scho entschuiding – kim, kriagsd heit a grouße Extrawurscht vo mia!" Da Simmerl wischd se de

Zaachal ausm Gsicht, de eam vo dem vuin Lacha owagrunna san, und moand dann grod: „Naa Kath, dass du a so a durchtriems Luada bisd, dees, naa, dees häd i mia fei ned vo dia dengd. Dee Lumperei do, dee waar ja ned amoi mia eigfoin!" – und hod weidaglachd und an Hoosn am Namedog an Garddn drin eigroom – mid eddla Stoana drauf. Weil a dridds Moi woidd n da Simmerl nimma eigroom, sein oidn Stoiihoosn!

Doudglaabde leem diam amoi länga

Robert Xaver Gapp

Oidweibasomma war, nimma lang hi bis Martini. Im Garddn sans umanandagwaatschld, oiwei hams wos zum Schnoodan ghobd und am Rockzipfe vo da Bäuerin sans ghängd wia kloane Kinda, ned amoi de Kuche und de Stuum warn eana fremd – de drei Gaansal vo da Gredl. Gern hods es ghobd de drei, und wias eana in da Fria durchs Kuchefensta so zuaschaugd, wias langsam zum Booch owewaatschln, hods gor ned drodenga meeng, dass eana z Martini de letzt Stund schloong wead.

„Säiidsam", dengd se de Gredl um Middog umme, „wo bleims denn heit bloß, meine Gaansal? Dee keman doch sunst oiwei vo alloa zum Fressn! Ja hods ebba da Fuchs ghoid? Und dees am häiiliachdn Dog?" Zum Booch is s oweglaffa, hod gschrian und gloggd – nix, de drei Gäns, de warn spualos vaschwundn. Ganz vazweifed is s schreiad ums Haus ummegrennd – und do hods es dann lieng gsehng, a da Wiesn drin, gaanz a da Naachadn vom Misthauffn: koa Schnoodan hosd ghead, koan Muggara hams do – grod dogleeng sans. De Gredl hod oane noch da andan

20

aufghoom, gschüddld, nix hod ghoiffn, sie ham se nimma griad. De Zaachal san iara owaglaffa, wias de drei Gäns in iare Arm zum Haus zuawedrong hod. „Ja wos mache iatz bloß mid meine arma Gaansal, so a Unglück awa aa! So liab warns, dee drei." „Ja und ned amoi zum Broon kemas heanehma, weil ma ja ned wissn, an wos dass s gstorm san", schimpfd da Baua, „konnsd as doch pfeigrod grod no rupfn! So a Gfredd awa aa!" Dees hod de Gredl dann aa do – wenn aa mid am ganz an groußn Widawuin. Oiwei wieda hod si se de Zaachal ogwischd, wias de Gäns am Hois und an da Brust grupfd hod. Und dann hods es an Booch oweglegd, dass s in da Nochd da Fuchs hoid. „Soi dea wenigstns wos davo hom!", hods gmoand und si d Nosn gschneizd.

Wias awa auf d Nochd zua beim Kuchefesta ausseschaugd, ja do trauds iare Aung ned: do stehn doch pfeigrod de drei grupfdn Gäns – steh is üwatriem, weils oiwei wieda umgfoin san – de Schnooda is awa scho wieda gscheid ganga. Ganz aufgregd hod de Gredl iam Mo gschrian. „Schnäii Hans, kim, de Gäns, dee leem!" „Spinnsd iatz ebba ganz, siehgsd iatz scho Gschpensta? Mid so am Schmarrn brauchsd ma heit fei ned kema! Es langd scho, daaß ma heia koa Martinigaansal ham! Auf so an Gschbaaß ko i guad vazichddn – und iatz gib a

Ruah und kost den Schnaps, den ma heit brennd ham." Grod wiara den Schnaps eischengd, do head as aa: dees Gschroa vo de Gäns. Und dann siehgd as aufn Hof zuawaatschln, oiwei wieda foid oane um und liegd auf da Seiddn – saukomisch hams ausgschaugd mid eanam nackadn Hois und da nackadn Brust und eanam säiidsama Gang. De Gredl is ausse bei da Dia, da Baua kippd se bei dem Schreck den Schnaps eine – und im säiibign Moment kimds eam: „Dee Gäns, de san ja bsuffa! Dee wean do ned ebba vo da gärign Meischn gfressn hom, de ma nochm Schnapsbrenna aufn Kompost graadld ham?"

Ja, so wars pfeigrod, dee Gäns, dee ham woi ian Krong ned voii kriagd und ham so vui vo dera Meischn gfressn, dass s quasi a Alkoholvagiftung ghobd und so vo da ganzn Rupfarei nix midkriagd ham.

Frou wars, de Gredl, daaß iare drei Gaansal wieda lewendig warn. Und zu iam Mo hods gmoand: „Spinna dua i fei ned und Gschpensta siehg i aa ned! Und oans, dees is gwiiß: Dee drei Gäns do, dee wean auf Martini ned gschlachd!" und hod de Viecha an Stoii einetriem, wos ian Rausch ausgschlaffa ham. Ned grod oa Schnaps is an dem

Aufdnochd auf de wieda auferstandna Gaansal drunga worn, dee Attraktion vom ganzn Dorf. Und gschlachd worn sans aa ned an Martini.

Ja, diam amoi leem hoid Doudglaabde länga – awa ned oiwei!

Drei Momente

Uta Grabmüller

lautstark
selbstbewusstes tschilpen
eine handvoll spatz
beherrscht den ganzen garten
vorbild

zwitschernd
zwei amseln
in verschlüsseltem dialog
von dachfirst zu dachfirst
verständigung

hellwach
geschehendes ahnend
zwei ohren gespitzt
zwei augen des kaninchens
achtsamkeit

Erbserl

Uta Grabmüller

Erbserl heißt mein Hund. Jedenfalls nenne ich ihn so. Allerdings habe ich keinen Hund. Hätte ich einen, hieße er so. Hätte ich einen, würde ich jeden Tag mit ihm spazieren gehen. Unbedingt. Hunde brauchen regelmäßig und ausreichend Auslauf.

Da ich keinen Hund habe, aber selbst auch regelmäßig und ausreichend Auslauf brauche, gehe ich eben ohne Erbserl jeden Tag spazieren. Einfach aus dem Haus raus, um die Ecke am Kuhstall herum auf den Feldweg und zum Wald, zum Fluss oder auf den Berg. So lang es geht: hinwärts, und mit meist müden Knochen: heimwärts. Es tut gut und ist wunderbar.

Jeden Tag sieht alles anders aus. Und jeden Tag wirkt alles anders. Blauer Himmel kann schüchtern rosa aussehen, das blaue Wasser des Flusses wird ärgerlich und schwarz, die Felder sind weiß und konturenlos vom Schnee und machen fast blind, oder sie sind ein grünes Wellenmeer. Aufregung ändert sich in Ruhe, Zufriedenheit wird zu Neugier, Angst wird zu Spannung, Ärger wird zu Tatkraft, Müdigkeit wird … zu Müdigkeit, und das Lächeln bleibt.

So geht's einem, wenn man mit seinem Hund regelmäßig und ausreichend spazieren geht. Auch
wenn man keinen hat. Ich bin sicher, Erbserl wäre
gerne dabei.

Kleiner Igel

Uta Grabmüller

Kleiner Igel, wo möchtest du hin?
Kleiner Igel, was hast du im Sinn?
Möchtest du schlafen oder essen oder stehn
oder den Fischen im Teiche zusehn?
Möchtest du Würmer oder Käfer dir suchen
unter den Birken und Eichen und Buchen?
Möcht'st dich verstecken im raschelnden Laub
und dich so schützen vor Angriff und Raub?
Ja, kleiner Igel, dann gehe nur los!
Wir treffen uns wieder, und dann sind wir groß.

Tierwelt

Uta Grabmüller

Die Ameise Annabelle

Jetzt im April ging es Annabelle gut. Sie saß vor der Tür und sang:

„Annabelle, Annabelle,
April so hell,
ameisenschnell,
Annabelle, Annabelle."

Alle Ameisen waren jetzt im April ganz eifrig. Sie räumten die Gänge und Höhlen im Ameisenhügel auf. Nach dem langen Winter war das auch nötig. Der Schnee hatte manche Höhle niedergedrückt, und etliche Gänge waren eingefallen.

Annabelle aber hatte keine Lust zu helfen. Sie saß lieber in der Sonne am Eingang, putzte sich die Fühler und dah den Vögeln zu. Ach, wenn sie doch auch fliegen könnte! Aber dazu war sie nicht geboren.

Da sah Annabelle ein Eichhörnchen von Ast zu Ast hüpfen. Ach, wenn sie doch so springen könnte! Aber dazu war sie nicht geboren.

Vom nahen Waldsee hörte sie ein Plätschern. Ein Frosch war hineingehüpft und schwamm rasch auf ein Seerosenblatt zu. Ach, wenn sie wenigstens schwimmen könnte! Aber dazu war sie nicht geboren.

Annabelle seufzte.

Plötzlich wehte der Wind ein großes, großes Blatt vor den Eingang des Ameisenhügels. Drinnen riefen erschrocken die anderen Ameisen: „Hilfe, wir sind eingeschlossen! Wer kann und befreien? Hilfe, Hilfe!" Und Annabelle packte flink zu. Sie zog und zerrte das große, große Blatt – stellt euch vor, es war zehnmal größer als sie selbst! –, und sie drückte und schob es so weit weg, dass der Eingang für die Ameisen wieder frei war. Ja, so kräftig war sie! Sie konnte ganz viel tragen und schieben und beim Bauen des Ameisenhügels helfen. Denn dazu war sie geboren.

Winz, die Maus

Viele Wochen lang hatte der Schnee dreimäuse-
hoch auf der Bergwiese gelegen. Aber heute Nacht
hatte es getaut, und als Winz, die Maus, morgens
am Wegrand nach Essen schnüffelte, fand sie ein
appetitliches, leicht verschimmeltes Stück Brot.
Eben wollte sie zu knabbern anfangen, als sie über
sich eine Schar Wildgänse fliegen sah. Die Leitgans
rief der Maus zu: „Los, kleine Maus, flieg mit uns!
Wir fliegen nach Schweden! Dort fängt bald der
Sommer an!"

Winz, die Maus, verschluckte sich fast. Schweden?
Schweden! Ein Traum! So weit weg! Und dort die
Mittsommernacht erleben!

Sie ließ das Stück Brot fallen und rannte los. Dorthin, wo sie die Gänse fliegen sah. Schweden! Sie
rannte und rannte. Aber ach, bald taten ihr die
Beine weh. Schweden? So weit weg? Nein, eigentlich war es hier doch auch ganz schön. Winz, die
Maus, tippelte zurück. Wo war noch mal das schöne Stück Brot?

Gurgel, der Pelikan

„Ich kann viel länger tauchen", schrie ein junger Pelikan. „Und ich viel tiefer", schrie der zweite. „Und ich kann viel höher fliegen", schrie der dritte.

Die jungen Pelikane setzten unter viel Geschrei ihre Tauch- und Flugversuche fort, bis sie müde wurden. Erschöpft und hungrig kehrten sie dann ans Ufer zu ihren Familien zurück und bettelten um Fische. Aber der Familienälteste verbot den mitleidigen Müttern, die jungen Tiere zu füttern. Gurgel, der Pelikan, sagte zu den Dreien: Ihr seid mutig und geschickt, könnt gut fliegen und gut tauchen. Aber was habt ihr davon? Ihr habt keine Fische gefangen. Es ist vor allen Dingen wichtig, mit den Augen die Beute zu suchen. Und auch zu fangen."

Die drei jungen Pelikane schluckten. Hungrig zogen sie wieder zum Meer. Ach, es ist ärgerlich, wenn die Alten Recht haben.

Vulgo, die Sau

Als ein Brandstifter den Bauernhof mittels eines Benzinkanisters in Schutt und Asche gelegt hatte, überlebte nur ein Tier, nämlich Vulgo, die Sau.

Sie sagte erleichtert zum Bauern: „Schwein gehabt."

Wo der Hund begraben liegt

Roswitha Gruber

Im Laufe meines Lehrerdaseins bin ich öfter mal versetzt worden. So gelangte ich eines Tages an eine Schule, an der es eine Frau Häberle gab. Sie war Ende vierzig, los und ledig, wie ich bald von den lieben Kollegen erfuhr. Mit der Zeit fiel mir auf, dass sie es alle vier Wochen am Freitagmittag sehr eilig hatte, das Schulgelände zu verlassen. Ihre Schüler waren stets die ersten, die mit Freudengeschrei ins ersehnte Wochenende stürmten, dicht gefolgt von ihrer Lehrerin. Meist erreichte sie schon beim letzten Klingelton das Hoftor. Mit ihrem Köfferchen in der Hand sauste sie auf das Taxi zu, das mit laufendem Motor am Straßenrand wartete. Ohne sich nach rechts oder links umzusehen, schwang sie sich hinein, und schon brauste es davon.

Obwohl mich die Neugier plagte, hielt ich mich mit diesbezüglichen Fragen zurück. Ich traute mich weder meine Kollegen zu fragen, noch sie selbst. Doch eines Tages ergab es sich ganz von selbst, dass sie zu erzählen begann.

Sie, ein Einzelkind, war schon seit langem Vollwaise. Schon ihre Mutter war ein Einzelkind gewesen, und ihr Vater hatte nur eine einzige Schwester gehabt, Tante Adele. Daher war Frau Häberles Verwandtschaft ziemlich überschaubar. Diese Tante war nicht mehr die Jüngste gewesen, als sich ihr endlich die Möglichkeit bot, zum Traualtar zu schreiten. Ihr Auserwählter war sogar noch ein gutes Stück älter als sie. So war es kein Wunder, dass diese Ehe kinderlos blieb. Als der Onkel nach siebzehn Ehejahren im Alter von einundachtzig Jahren diese Erde für immer verließ, war Adele gerade mal siebzig. Theo war sicher nicht ihre große Liebe gewesen, aber Adele gehörte zu der Frauengeneration, deren Heiratschancen durch den Krieg stark eingeschränkt waren. In dieser Zeit musste eine Frau froh sein, wenn sie überhaupt einen abkriegte. Als nun Theo von ihr gegangen war, fühlte sie sich recht einsam in dem geräumigen Haus am Stadtrand. Deshalb wanderte sie schon sehr bald zu einem Tierheim und suchte sich einen Hund aus. Mit diesem war sie recht glücklich. Er begleitete sie auf ihren ausgedehnten Spaziergängen – oder begleitete sie ihn? Auch hatte sie ihre Freude daran, wenn er lebhaft im Garten herumsprang. Sie nannte ihn „mein Liebling", „mein Sonnenschein", „Trost meines Alters".

Die respektlose Nichte dagegen hatte keine anderen Bezeichnungen für ihn übrig als Töle, Straßenköter oder Promenadenmischung, wenn sie mir von dem treuen Tier ihrer Verwandten berichtete. Der Tante gegenüber ließ sie solche Respektlosigkeiten natürlich nicht verlauten.

Zu Onkel Theos Lebzeiten hatten sich Frau Häberles Besuche in seinem Haus auf zwei bis dreimal im Jahr beschränkt. Nun, da Adele verwitwet war, dachte die Nichte, es gehöre sich, sie mindestens alle vier Wochen zu besuchen. Daher also stets die große Eile am Freitag nach Schulschluss. Das Taxi brachte meine Kollegin zum nächst gelegenen Bahnhof, wo sie gerade noch den D-Zug erwischte, der sie in den Wohnort der Tante brachte, der immerhin in 350 Kilometer entfernt war. Diese Mühen und Kosten nahm Frau Häberle gerne auf sich, denn sie hatte Familiensinn. Aber nicht nur das, in Adele sah sie auch die Erbtante. Der Onkel hatte seine Frau nämlich nicht in Armut zurückgelassen. Außer dem schmucken Einfamilienhaus mit großem Garten hinterließ er ihr eine stattliche Beamtenpension und ein dickes Sparbuch.

Nun hätte sich die Nichte denken können, dass der schöne Besitz nach dem Tod der Tante automatisch an sie, die einzige Verwandte, falle. Doch meine kluge Kollegin wollte kein Risiko eingehen. Wenn sie sich nicht genug um die Tante kümmerte, so ihre Befürchtung, war dieser durchaus zuzutrauen, dass sie ein Testament aufsetzte zugunsten einiger wohltätiger Vereine, die sie seit langem mit großzügigen Spenden unterstützte.

Erwähnen sollte ich noch, dass Frau Häberles große Leidenschaft das Reisen war. In allen Sommerferien – und die sind bekanntlich sechs Wochen lang – unternahm sie mit Vorliebe Fernreisen. Dafür ging stets ihr ganzes Erspartes von einem Jahr drauf. Für die hohe Kante blieb nichts übrig. Da ich also um Frau Häberles Reiselust wusste, fragte ich sie, es mochte zwei Jahre nach unserem tiefschürfenden Gespräch gewesen sein: „Frau Häberle, wohin soll die Reise in diesem Jahr gehen?"

„Diesmal werde ich meine ganzen Ferien bei der Tante verbringen."

„Nanu?", staunte ich. „Keine große Reise?"

„Nein, die Tante geht vor. Seit einigen Wochen fühlt sie sich nicht gut. Deshalb bin ich froh, dass ich die nächsten sechs Wochen bei ihr sein kann. Reisen kann ich später wieder."

Am ersten Tag nach den Sommerferien ging es in der Schule – wie üblich – sehr hektisch zu, sodass man mit den Kollegen kaum ins Gespräch kam.

Wie überrascht war ich daher, dass es noch am selben Tag um 15.00 Uhr an meiner Haustür läutete und Frau Häberle davor stand. Sie war aber nicht allein. Um sie herum sprang etwas quirliges Schwarzes.

„Nanu, Frau Häberle", staunte ich. „Sind Sie auf den Hund gekommen?"

Sie lachte säuerlich: „So könnte man es nennen. Seit Tantes Tod habe ich den Köter am Hals. Wenn Sie uns auf unserem Spaziergang begleiten, erzähle ich Ihnen alles."

Das ließ ich mir nicht zweimal sagen. Zum einen war ich neugierig, zum anderen würde mir ein ausgedehnter Spaziergang nicht schaden. Schnell hatte ich meine Wanderschuhe an, und schon marschierten wir los durch den nahegelegenen wunderschönen Wald. Während unser Vierbeiner an jedem Baum und Strauch schnupperte und sein Beinchen hob, erfuhr ich, was sich im Haus der Tante zugetragen hatte. Demnach war es kein Fehler gewesen, dass Frau Häberle auf ihre Urlaubsreise verzichtet hatte. Kaum, dass sie bei Adele angekommen war, hatte sich deren Zustand von Tag zu Tag verschlechtert und die Pflege hatte immer mehr Zeit in Anspruch genommen. Nach vier Wochen war die Tante von ihrem irdischen Leiden erlöst. Es fügte sich gut, dass der Nichte noch vierzehn Tage blieben, um alles zu regeln. Abgesehen davon, dass sie die Beisetzung zu organisieren hatte, standen einige Behördengänge an und jede Menge Papierkram war zu erledigen.

Zur Freude der Nichte fand sie schon in der ersten Schublade ganz obenauf ein sorgfältig aufgesetztes Testament. Mit Genugtuung entdeckte sie, dass sie als Alleinerbin eingesetzt war. Aber dann kam der Hammer. Eine Klausel bestimmte, dass ihr das gesamte Vermögen nur zufalle, wenn sie Bläcky, den Hund, zu sich nähme und ihn bis an sein Lebensende pflege. Falls ihr das nicht möglich sei, solle sie das Tier in das näher bezeichnete Tierheim bringen. An dieses solle dann das gesamte Vermögen übergehen.

„Das ist ja die reinste Nötigung", entfuhr es mir.

„So sehe ich das ebenfalls. Nun kann ich mich mit der Töle rumschlagen und nichts ist mehr mit großen Reisen. Ich muss froh sein, wenn ich mit dem Tier in einer bescheidenen Pension im Schwarzwald oder im Harz unterkomme."

Da kam mir eine Idee. „Wenn Sie das Testament einfach hätten verschwinden lassen, dann hätten Sie als einzige Verwandte ganz automatisch den ganzen Kram geerbt."

Sie lächelte matt. „Das war auch mein erster Gedanke. Aber so schlau war Adele auch. Damit das nicht passiert, hat sie einen Riegel vorgeschoben. Auf dem angehefteten Begleitschreiben war zu lesen, dass dies nur eine Kopie des Testamentes sei. Das Original sei beim Amtsgericht hinterlegt."

„Ganz schön raffiniert, die alte Adele", war mein Kommentar.

Nun gut, da meine Kollegin nicht leer ausgehen wollte, hatte sie nun die einst so geschmähte Promenadenmischung am Bein. Eigentlich war er ein ganz hübsches Kerlchen und ich hatte ihn bald in mein Herz geschlossen. Es schien eine Menge Pudel in ihm zu stecken. Sein pechschwarzes Fell – daher der Name Bläcky – zeigte an mehreren Stellen typische Pudellocken auf. Die Schnauze aber schien er eher von einem Schnauzer geerbt zu haben und gutmütig war er wie ein Schäferhund. Da sein Frauchen nicht gern allein Gassi ging, holte sie mich fortan jeden Tag nach dem Mittagessen ab. Das schadete mir wirklich nicht. Bewegung in frischer Luft ist für eine Person, die ihren Beruf überwiegend im Sitzen ausübt, eine gute Therapie. Ein weiterer Vorteil war, während unseres Rundganges ließ sich so schön fachsimpeln und über Bläcky reden. Meine Kollegin kam immer mehr ins Schwärmen über dieses Tier, das sie erst so abgelehnt hatte. Ständig entdeckte sie neue Seiten an ihm. So lernte auch ich diesen Wald- und Wiesenhund näher kennen und lieben und er mich auch. Bald war er so vertraut mit mir, dass er sich auch von mir ausführen ließ, wenn Frauchen krank oder dienstlich verhindert war. So gingen die Jahre dahin.

Eines Morgens Ende Juni trat Frau Häberle im Pausenhof, wo ich Aufsicht hatte, an mich heran. Ohne jede Vorrede eröffnete sie mir: „Sie müssen uns heute Nachmittag zum Tierarzt fahren!" Die Formulierung: „Würden Sie mich bitte heute Nachmittag zum Tierarzt fahren?", hätte mir weitaus besser gefallen. So aber schnappte ich erstmal nach Luft und entrang mir ein: „In Ordnung. Um 14.00 Uhr werde ich bei Ihnen sein." Was tut man nicht alles für eine liebe Kollegin und ihren liebgewonnenen Vierbeiner!

Frau Häberle besaß zwar einen Führerschein, aber kein Auto. Obwohl sie sonst sehr couragiert wirkte, wagte sie es nicht, sich ans Steuer eines Wagens zu setzen. Auf die Minute genau läutete ich an ihrer Haustür. Sie hasste Unpünktlichkeit. Als sie öffnete, schoss Bläcky aber nicht wie eine Rakete heraus, was er sonst immer getan hatte, wenn ich mal läutete, nein, träge trottete er seiner Herrin zu meinem Auto nach, ohne den geringsten Versuch zu machen, an mir zur Begrüßung hochzuspringen. Zum Glück besaß ich damals einen R4, ein Fahrzeug also, das keinen Kofferraum im eigentlichen Sinne hatte, sondern eine Heckklappe und einen ebenen Gepäckraum, der nahtlos in die Personenkabine übergeht. Frauchen breitete eine Decke darin aus und hob den Patienten hinein. Sie selbst setzte sich auf die Rückbank, damit sie während der ganzen Fahrt Blickkontakt mit ihrem kranken Liebling haben konnte. Vor dem Haus des Tierarztes hob sie das Hundchen wieder aus dem Auto und führte es an der Leine ins Wartezimmer. Wie sie mir unterwegs berichtet hatte, war ihre Wahl auf einen homöopathischen Hundemediziner gefallen, damit ihrem vierbeinigen Patienten die bestmögliche Behandlung zuteil werde. Im Wartezimmer miaute, bellte und piepste es uns entgegen. Interessiert schaute ich mich um. Da saßen die Frauchen mit einem Vogel im Käfig, mit einem Hund an der Leine oder einer Katze in der Transportbox. Frau Häberles Hund jedoch verkroch sich sogleich unter ihren Stuhl und gab keinen Laut von sich.

Wir mussten viel Geduld aufbringen, bis sie mit ihrem Tier endlich ins Behandlungszimmer gerufen wurde. Freiwillig folgte ich den beiden. War das für mich doch eine Gelegenheit, eine Veterinärpraxis mal von innen zu sehen.

„Na, was fehlt unserem Kameraden denn?", fragte der Tiermediziner, auch schon ein etwas älteres Modell, jovial.

„Das weiß ich nicht", antwortete Frauchen. „Das sollen Sie doch herausfinden. Seit zwei Tagen liegt er nur rum. Er mag nicht mehr spazierengehen, er bellt nicht, und er frisst nicht."

„Na, dann wollen wir uns den Patienten mal anschauen. Legen Sie ihn bitte hier auf den Tisch." Dieser war mit einem weißen abwaschbaren Polster überzogen und befand sich in der Mitte des Raumes, war also von allen Seiten zugänglich. Meine Kollegin hievte das apathisch wirkende Tier nach oben, und der Doktor begann mit seiner Untersuchung. Er stellte einige Fragen, die Frau Häberle gewissenhaft beantwortete. Schließlich schüttelte der Arzt den Kopf und stellte die Diagnose: „Ist wohl schon ein etwas älterer Kamerad."

Das war aber nicht alles. Er reichte Frauchen eine Packung Tabletten. „Davon mischen Sie ihm zu jeder Mahlzeit eine ins Futter."

„Wie soll das gehen?", rief meine Kollegin entsetzt. „Er frisst doch nichts mehr."

„Ach so, dann lösen Sie eben eine Tablette in Wasser auf, und versuchen Sie, ihm dieses einzugeben."

Anschließend hielt er seine Hand auf und kassierte 150.- DM. Ich bekam erstaunte Augen. Eine Krankenkasse für Hunde gibt es wohl noch nicht.

Am folgenden Tag entfiel unser Spaziergang ebenfalls; Bläcky war nicht in der Lage, Gassi zu gehen. Ich sah ihn erst am Mittwoch wieder, als sein Frauchen ihn erneut in mein Auto hob. Er war so abgemagert, dass er einem in der Seele leidtun konnte, und wirkte noch apathischer als bei unserer letzten Begegnung. Dem Tierarzt erklärte Frau Häberle, statt einer Verbesserung sei eine Verschlechterung eingetreten, obwohl sie sich jeden Tag mehrmals bemüht habe, ihm das Wasser mit dem aufgelösten Medikament per Pipette einzuflößen. Abermals schüttelte der Arzt sein graues Haupt, reichte Frau Häberle eine Packung mit einem anderen homöopathischen Präparat und kassierte wieder 150.- DM.

Am nächsten Nachmittag befanden wir uns erneut in der tierärztlichen Praxis. Wieder gab es ein anderes Medikament, wieder blätterte Frau Häberle 150.- DM hin. Und das für einen Hund, der sich kaum noch auf den Beinen halten konnte! Daher konnte ich mich auf der Heimfahrt folgender Bemerkung nicht enthalten: „Mittlerweile haben Sie 450.- Mark für Bläcky hingelegt und gebracht hat es ihm nichts. Für das Geld hätten Sie leicht einen funkelnagelneuen Hund gekriegt."

Mein Glück war es, dass ich am Steuer des Wagens saß, in dem ich sie und ihren Liebling transportierte, sonst wäre sie mir sicher an die Gurgel gegangen. Daher wagte ich es erst gar nicht, das Wort „einschläfern" in den Mund zu nehmen, obwohl dem armen Tier, das offensichtlich zu leiden schien, mein ganzes Mitgefühl galt.

Am Freitag musste ich meine Kollegin nebst Hündchen schon wieder zu ihrem Homöopathen chauffieren. Diesmal hatte sie Bläcky von ihrer Wohnung in mein Auto und von dort in die Tierarztpraxis tragen müssen. Er war nicht mehr in der Lage gewesen, auch nur einen Schritt zu gehen. Der Veterinär schaute sich die Jammergestalt von einem Hund an, dann schaute er Frauchen an. Es sah aus, als traue er sich auch nicht, das böse Wort in den Mund zu nehmen. Schließlich sprach Frau Häberle es seufzend selbst aus: „Meinen Sie nicht auch, man sollte ihn einschläfern?"

Der Arzt nickte, gab seiner Sprechstundenhilfe einen Wink und diese reichte ihm eine Spritze.

Meine Kollegin hielt ihren Hund fest, der Doktor setze die Spritze an. Was dann geschah, erschütterte mich bis ins Mark, obwohl ich als unbeteiligte Person das Geschehen nur aus dem Hintergrund beobachtet hatte. Um wieviel mehr muss es meine Kollegin getroffen haben, als sie ihr geliebtes Tier so leiden sah. Kaum hatte der Veterinär die Spritze angesetzt, jaulte der Hund laut los, bäumte sich auf, zappelte wild – mindestens eine Minute lang, bis er endlich alle Viere von sich streckte. Einschläfern hatte ich mir etwas anders vorgestellt. Vermutlich, so erklärte ich mir das nachher, hat der homöopathische Arzt aus lauter „Tierliebe" ein homöopathisches Tötungsmittel gewählt.

Als der Vierbeiner kein Lebenszeichen mehr von sich gab, atmete ich auf, zum einen, weil die arme Kreatur nicht mehr leiden musste, zum anderen, weil ich annahm, nun sei für mich das Kapitel Bläcky abgeschlossen. Es hatte mich immerhin vier Nachmittage gekostet. Dadurch war bei mir zu Hause so einiges liegen geblieben. In diesem Moment fragte der Mediziner: „Sollen wir Ihren Hund entsorgen?"

Selbstverständlich erwartete ich, dass Frau Häberle diese Frage mit einem deutlichen Ja beantworten werde oder zumindest mit einem eindeutigen Kopfnicken. Aber was tat sie?

„Nein, um Gottes Willen! Wir nehmen ihn mit."

Der Schreck fuhr mir in die Glieder. Ich hatte es schon als Zumutung empfunden, einen halbtoten Hund durch die Gegend zu fahren und nun sollte ich gar einen toten Hund transportieren! ‚Was hat sie mit ihm vor? Will sie ihn etwa ausstopfen lassen und aufs Sofa setzen?'

Zu meiner Erleichterung brachte die Sprechstundenhilfe einen Pappkarton herbei. In diesen bettete Frau Häberle das, was von ihrem Hund übrig war. Dann verließen wir das Arzthaus. Nun ja, diese Fahrt noch, dann ist für mich diese Hundegeschichte endlich ausgestanden. Ich sollte mich jedoch gewaltig geirrt haben.

Kaum waren wir losgefahren, eröffnete mir meine liebe Kollegin: „Ihr Mann muss meinen Bläcky in Ihrem Grundstück begraben."

„Das geht nicht", fiel mir zum Glück rechtzeitig ein. „Wie wohnen im Wasserschutzgebiet, dort darf man keinen Kadaver vergraben."

Bei dem Wort Kadaver wäre sie mir am liebsten wieder an die Gurgel gegangen. „Wie sprechen Sie von meinem Hund?", fauchte sie mich an.

„Entschuldigen Sie bitte, aber mehr ist von ihm doch nicht übrig." Um einiges wieder gut zu machen, fügte ich an: „Er ist doch wirklich nicht mehr der nette kleine Kerl, der uns so viel Freude bereitet hat." Diesen freundlichen Satz ignorierte sie völlig und fuhr in vorwurfsvollem Ton fort: „Wenn Sie nicht bereit sind, ihn in Ihrem Garten beisetzen zu lassen, muss ich mir eben eine andere Lösung überlegen."

,Hätte sie ihn doch nur beim Tierarzt gelassen', dachte ich, zu sagen wagte ich das aber nicht.

Nun, es war am späten Freitagnachmittag, als ich meine Kollegin mit ihrem Karton vor ihrer Dienstwohnung absetzte. ,Nun ist für mich die Geschichte endgültig vorbei', frohlockte ich. Auch das war entschieden verfrüht.

Am Montagmorgen, ein heißer Junitag, alle Lehrpersonen, die nicht gerade Aufsicht hatten, trudelten nach und nach im Lehrerzimmer ein, auch Kollegin Breuer. „Puh! Ich weiß nicht, was das ist. Aber bei dieser Hitze kann ich noch nicht mal ein Klassenfenster öffnen, da kommt ein bestialischer Gestank herein."

Frau Häberle, die mir gegenüber saß, warf mir einen betretenen Blick zu, den ich gleich richtig deutete. Nach Schulschluss nahm sie mich beiseite und fuhr mich an: „Nur weil Sie meinen Bläcky nicht im Garten haben wollten, musste ich den Hausmeister beauftragen, ihn im Schulgelände zu bestatten. Nach gutem Zureden tat er das dann auch nach Einbruch der Dämmerung, welche um diese Jahreszeit reichlich spät einsetzt. Sein Fehler war, dass er meinen Hund ausgerechnet unter Frau Breuers Klassenzimmer begraben hat, wo die doch so eine empfindliche Nase hat. Außerdem hat dieser Esel das Grab nicht tief genug ausgehoben, sonst wäre der Geruch niemandem aufgefallen. Damit ich keinen Ärger bekomme, muss ich nun das arme Tier bei Nacht und Nebel umbetten lassen."

Die Nacht würde von selbst kommen, woher aber wollte sie um diese Jahreszeit den Nebel nehmen? Damit ich nur ja schnell aus ihrem Dunstkreis entkomme, weil ich nicht wieder in die Sache hineingezogen werden wollte, nickte ich zustimmend: „So sehe ich das auch. Also dann bis morgen." Schon machte ich auf dem Absatz kehrt.

„Halt! Hierbleiben!", rief sie. „Ich bin noch nicht fertig. Ihr Mann muss mich heute Abend mit meinem Tier in den Wald fahren, damit ich eine passende Begräbnisstätte finde. Er soll das entsprechende Werkzeug mitbringen."

Spontan fiel mir etwas sehr Wichtiges ein: „Das kann er doch nicht machen. Erstens ist es verboten, die Waldwege mit dem Auto zu befahren und zweitens darf man im Wald kein totes Tier vergraben." Das Wort Kadaver wagte ich nicht ein zweites Mal in den Mund zu nehmen.

„Das ist doch kein Problem", wusste Frau Häberle Rat, „man darf sich nur nicht erwischen lassen. Ihr Mann soll um 20.15 Uhr hinter der Schule sein. Zu dieser Zeit sitzen alle vorm Fernseher und kein Mensch sieht uns."

„Kann nicht der Hausmeister das erledigen?", fragte ich vorsichtig an.

„Nein, das möchte ich ihm nicht auch noch zumuten. Ich muss schon froh sein, wenn er meinen Hund wieder ausgräbt."

Mein Mann war nicht gerade begeistert über seinen Auftrag. Aber was blieb ihm anderes übrig, als zu springen, wenn Frau Häberle pfiff. Kurz nach zwanzig Uhr warf er Hacke, Spaten und Schaufel in den Wagen und fuhr los. Vor Ablauf einer Stunde würde er bestimmt nicht zurück sein. Also machte ich es mir in dem wohligen Gefühl, dass mich niemand beim Fernsehen stören würde, auf meiner Couch gemütlich.

Es wurde neun, es wurde halbzehn, es wurde zehn. Von meinem Mann keine Spur. Als der Zeiger auf halbelf stand, fing ich an, mir Sorgen zu machen. Womöglich hatte der Förster doch nicht vor dem Fernseher gesessen. Stattdessen hatte er bei seinem abendlichen Pirschgang die beiden „Totengräber" erwischt und in Gewahrsam genommen. Aber nein, versuchte ich mir selbst Mut zuzusprechen, dann würde man mich doch benachrichtigen. Immer wieder wanderte mein Blick zum Telefon, aber es blieb ruhig.

Gegen 23.00 Uhr hörte ich endlich, wie der Schlüssel im Haustürschloss umgedreht wurde, und atmete auf.

„Nanu, die Umbettung hat aber lange gedauert", empfing ich meinen Gemahl. „Oder hat dich Frau Häberle noch zum Leichenschmaus eingeladen?"

„Nichts mit Leichenschmaus", stöhnte mein Angetrauter. „Noch nicht mal Dankeschön hat sie gesagt."

„Ja, um Gottes Willen, das kann doch nicht so lange gedauert haben, das bisschen Hund zu verscharren!"

„Aber, aber – wie respektlos redest du von Frau Häberles Liebling!", tat er empört. „Später werde ich dir genauestens berichten. Zuerst brauche ich ein Bier. Vom vielen Graben ist meine Kehle total ausgetrocknet." Nun erst bemerkte ich, wie erschöpft mein Mann aussah.

Nachdem er es sich in seinem Sessel bequem gemacht und aus seinem Bierkrug einen gewaltigen Schluck genommen hatte, erfuhr ich Folgendes:

Als mein Mann an der Schule angekommen war, hatte der Hausmeister die Exhumierung gerade beendet. Da sich der Pappsarg aber drei Tage im feuchten Erdreich befunden hatte, drohte er auseinanderzufallen, sobald er transportiert würde. Also schaffte der freundliche Hausmeister einen Ersatzkarton herbei. In diesen legte er das Tier, das sich bereits im Zustand der Verwesung befand. In seinem eigenen Interesse war der Hausmeister so schlau gewesen, vorher Gummihandschuhe überzustreifen. Mit diesen fischte er auch die Grabbeigaben aus der alten Pappschachtel und legte sie in die neue: ein Bällchen, einen Hundeknochen und ein Rasselchen, alles Dinge, mit denen Bläcky immer so gerne gespielt hatte!

Deckel auf den Karton und ab ging die Post. Im Wald musste mein Mann zunächst mehrere Wege abfahren, bis meine Kollegin endlich eine Stelle gefunden hatte, die sie für würdig genug erachtete, als Begräbnisort für ihren treuen Weggefährten zu dienen.

Im Schweiße seines Angesichtes grub und hackte der unfreiwillige Bestatter. Aber tiefer als zwanzig Zentimeter kam er nicht. Er war auf Fels gestoßen. Auch an der nächsten Stelle, an der er auf Frauchens Geheiß buddeln musste, bot nach etwa dreißig Zentimetern eine Gesteinsschicht erheblichen Widerstand. An der dritten Stelle stieß der Totengräber in etwa fünfundzwanzig Zentimetern Tiefe auf Schiefer.

„Frau Häberle, so wird das nichts", wagte er verlauten zu lassen. „Wir müssen eine Stelle suchen, wo ein Baum umgestürzt ist. Unter dem Wurzelwerk ist die Erdschicht dicker."

Eine solche Stelle war bald gefunden. Der riesige Wurzelteller einer Fichte ragte in den nächtlichen Himmel und das Erdreich darunter zeigte sich butterweich. In dem Krater musste mein Mann noch nicht mal die Hacke benutzen. Mit dem Spaten ließ sich die Erde leicht abstechen und mit der Schaufel hinauswerfen. Nach etwa fünfzig Zentimetern aber bot sich erneut Widerstand. „Jetzt langt's, Frau Häberle, ich kann nicht mehr."

„Aber das Grab ist doch noch nicht tief genug", reklamierte sie.

„Ich weiß, aber das hier ist blanker Schiefer. Um den weg zu kriegen, bräuchten wir Dynamit."

„Haben Sie nicht zufällig ein bisschen davon bei sich?", scherzte meine Kollegin und lachte schallend über ihren eigenen Witz, obwohl es sich um eine Beerdigung handelte.

„Leider nein", gab der geschundene Mann todernst zur Antwort.

„Dann müssen Sie an einer anderen Stelle graben", befahl die Herrin.

„Das bringt nichts. Dort wird es auch nicht besser sein. Wie Sie als Lehrerin wissen müssten, befinden wir uns im Rheinischen Schiefergebirge."

„Also gut, meinetwegen", zeigte sie sich gnädig. Sie reichte meinem Mann den provisorischen Sarg in die Grube hinunter, wo er versuchte, ihn möglichst eben hinzustellen. Dann schaufelte er eifrig zu unter den kritischen Augen seiner Auftraggeberin. Weil ja der Karton schon zwanzig Zentimeter Höhe aufwies, bildete mein Mann mit der umliegenden Erde noch einen ansehnlichen Hügel über dem Grab. „Das reicht nicht", beanstandete Frauchen. „Da muss mehr Erde drauf, sonst holt der Fuchs ihn."

„Wenn ich mehr Erde drauf tue, holt der Förster uns. Dann sieht er nämlich gleich, dass sich hier ein illegales Grab befindet." Also ließ sie es bei einem Grabhügel von etwa einem viertel Meter gut sein.

Nachdem ich dem Bericht meines Mannes bis zu dieser Stelle gefolgt war, warf ich ein: „Konntest du überhaupt noch was sehen? Im Wald muss es doch inzwischen stockdunkel gewesen sein."

„Nein, überhaupt nicht. Heute ist fast Vollmond und der lachte zwischen den Bäumen hindurch, sodass sich gut arbeiten ließ."

„Na, Gott sei Dank! Damit ist die Hundegeschichte für uns ja wohl endgültig abgeschlossen."

Das bildete ich mir aber nur ein.

Schon am nächsten Nachmittag holte mich Frau Häberle zu einem Bläcky-Gedächtnis-Spaziergang ab. Wir hatten den Waldrand noch nicht erreicht, da überfiel sie mich schon mit Vorwürfen: „Nur weil Ihr Mann sich geweigert hat, eine Stelle zu suchen, wo man tiefer in den Boden eindringen kann, wird jetzt der Fuchs meinen armen Hund fressen."

Da konnte ich folgende Bemerkung nicht zurückhalten: „Das kann Ihnen doch egal sein, ob er von Würmern oder vom Fuchs gefressen wird."

Dass sie mir für diese Bemerkung nicht ins Gesicht sprang, war alles. Treu und brav trottete ich neben ihr her und ließ ihr Gezeter über mich ergehen. Nach kurzer Zeit bogen wir nach links vom Hauptweg ab, und wenig später bogen wir wieder nach links ab, in einen recht schmalen Seitenweg, den wir noch nie gegangen waren. „Wo führen Sie mich denn hin?", erkundigte ich mich zaghaft.

„Zu Bläckys Grab natürlich."

„Aber der Weg ist ja so schmal, auf dem konnte mein Mann bestimmt nicht mit dem Auto fahren", stellte ich verwundert fest. „Das stimmt. Er musste es auf dem letzten Weg stehen lassen und Karton nebst seinem Werkzeug hierher tragen."

Wir waren noch nicht weit gekommen, da entdeckte meine Begleiterin auf dem Weg ein schwarzes lockiges Fellstück.

„Sehen Sie, was habe ich befürchtet?", fauchte sie mich an. „Der Fuchs hat das Grab schon geplündert."

„Ach, was", versuchte ich, die Aufgebrachte zu beruhigen. „Das Fell muss nicht unbedingt von Bläcky stammen. Es gibt ja noch mehr schwarze Hunde."

„Aber mit Sicherheit keinen, der in diesem Wald begraben ist."

„Das kann man nie wissen", gab ich von mir, ohne wirklich davon überzeugt zu sein. Schon erblickte ich den riesigen Wurzelteller eines umgestürzten Baumes. Wir würden also bald die Stelle erreichen, wo der Hund begraben ist oder genauer gesagt war! Denn – o Schreck – Frau Häberles Argusaugen hatten neben dem Weg bereits ein weiteres Corpus delicti entdeckt: Das Rasselchen! Das war eindeutig! Das war Bläckys Rasselchen! Das erkannte sogar ich wieder. Damit war mein Mann eindeutig überführt. Es sollte aber noch dicker kommen. Anstelle des sorgfältig aufgehäuften Grabhügels klaffte ein Loch unter der Baumwurzel und drum herum lagen nicht nur Überreste eines Pappkartons, sondern auch Bläckys Bällchen.

Ich mag gar nicht wiedergeben, was sich auf dem Heimweg an Vorwürfen über meinem Haupt ergoss, während dieses immer tiefer zwischen meinen Schultern verschwand.

Erst als ich unsere Haustür hinter mir schloss, atmete ich auf.

Die Vorwürfe aber, dass der arme Bläcky nur durch die Leichtfertigkeit meines Mannes vom Fuchs gefressen worden war, musste ich mir noch oft anhören, vor allem dann, wenn wir an seiner geschändeten Grabstätte vorbeispazierten. Eigentlich war ich froh, dass es so gekommen war, das durfte ich nur nicht laut sagen. Jetzt bestand wenigstens die die Gefahr nicht mehr, dass das illegale Grab entdeckt und mein Mann als Täter identifiziert würde. Außerdem konnte der Hundekadaver den Waldboden nicht mehr verseuchen.

Obwohl wir niemanden mehr Gassi führen mussten, holte Frau Häberle mich gelegentlich zu einem Waldspaziergang ab. Die Bewegung in der frischen Luft tat uns beiden gut. Allein traute sich jedoch keine von uns in den Wald. Man hatte nämlich davon gehört, dass allein spazierengehende Frauen belästigt worden waren.

Da es nach Bläckys Begräbnis nur noch drei Wochen bis zu den Sommerferien waren, ging ich davon aus, dass meine Kollegin nun stehenden Fußes ins nächste Reisebüro eile, um noch eine Last-Minut-Reise zu ergattern. Über dieses Thema hatten wir aber nicht gesprochen. Mein Mann und ich hatten schon vor langer Zeit eine vierwöchige Weltreise gebucht.

Dann kam die große Überraschung. Am vorletzten Schultag, ich war eifrig mit Kofferpacken beschäftigt und der Sinn stand mir keineswegs nach Spazierengehen, klingelte es an meiner Haustür. Wer stand davor? Frau Häberle! Aber nicht allein! Um sie herum sprang ein schneeweißes Wollknäuel. Dieses schien auch kein reinrassiger Pudel zu sein, aber er musste wesentlich mehr Pudelblut in sich haben als sein Vorgänger. „Ja, wer ist denn das?", rief ich erstaunt aus.

„Das ist Blanko, weil er so weiß ist. Ich habe ihn gestern aus dem Tierheim geholt."

„Ein hübsches Tier", lobte ich, stieg in meine Wanderschuhe und trat mit meinem Besuch die Waldwanderung an, obwohl ich eigentlich keine Zeit dazu hatte. Aber eingedenk dessen, dass ich am nächsten Tag stundenlang im Flugzeug sitzen würde, war es bestimmt kein Fehler, die Beine noch ein bisschen zu bewegen.

„Das verstehe ich nicht", war mein erster Satz, als wir den Waldrand erreicht hatten. „Wieso haben Sie sich wieder einen Hund zugelegt? Ich dachte, Sie würden sich Ihrer neuen Freiheit erfreuen, um wieder nach Lust und Laune reisen zu können."

„Ach, die Zeiten sind vorbei", äußerte sie in abgeklärtem Ton. „Ich kenne die sieben Weltmeere, ich habe alle fünf Kontinente bereist, was hat das Reisen mir noch zu bieten? Inzwischen habe ich erkannt, dass ein Leben ohne Hund für mich kein Leben mehr ist."

„Ja, wenn das so ist! Wo gedenken Sie denn Ihre Sommerferien zu verbringen?"

„Im Bayerischen Wald habe ich eine nette kleine Pension aufgetan, nach eigenen Angaben soll sie sehr hundefreunlich sein. Dort können Blanko und ich uns so recht aneinander gewöhnen."

Blanko war erst zwei Jahre alt und putzmunter. Meine Kollegin würde also noch lange ihre Freude an ihm haben. Nach den Sommerferien nahmen wir unsere regelmäßigen Gassigänge wieder auf. Aber noch ehe das neue Tier vier Jahre alt war, zogen mein Mann und ich nach Bayern. Neben anderen Vorteilen, die uns das bietet, wird es mir erspart bleiben, Blankos Ende mitzuerleben.

Wenn wir auch für all unsere Mühe mit Bläcky kein Dankeschön bekommen haben, geschweige denn eine Belohnung, so ist für mich dabei wenigstens eine nette Geschichte herausgesprungen. Sie ist tatsächlich so passiert, denn so viel Fantasie

besitze ich gar nicht, dass ich sie mir hätte aus-
denken können.

Bärig

Reinhard Hauswirth

Es kam einst – keiner weiß, woher –
Ein süßer rundlich kleiner Bär.
Derselbe, der hieß Massimo,
Doch so allein ward er nicht froh:
Er suchte sich zum Zeitvertreib
Ein süßes kleines Bärenweib.

Sodann verging ein knappes Jahr,
Schon stand das Paar am Traualtar;
Und wiederum nach einem Jährchen,
Da gab 's die ersten süßen Bärchen:
Grüne, gelbe, rote, blaue,
Krumme, dicke, dumme, schlaue,
Ein schwarzes Bärchen, eins war braun –
Und alle ganz nett anzuschau'n.

Doch plötzlich – Halt! O meine Güte! –
Zwingt man die Bären in die Tüte,
Klebt diese zu, da hilft kein Bangen:
Die süßen Tierchen sind gefangen!

Die Tüte landet irgendwo
In einem Fernsehstudio,
Wo Moderator Thomas G.
Entzückt ruft: „Her damit! Okay!",

Sogleich die Tüte dann zerreißt
Genüsslich in ein Bärchen beißt,
Sich weit're in sein Mundwerk stopft,
Dabei so blöde Sprüche klopft:
„O Massimo, ich mag dich so!
Du machst doch alle Menschen froh!",
Die Bär'n mit Haut und Haar verschlingt,
Was schadenfroh und zynisch klingt.

Aus Zuckermasse sind wir Bären,
Und können deshalb uns nicht wehren;
Wenn man uns nun verschlungen hat,
So ist dies keine Heldentat!
Die Botschaft hier an Thomas G.:
Tu keinem süßen Bären weh!
Denn wär'n wir echte Zottelbären,
Dann müssten wir uns gar nicht wehren!
Du fändest dies partout nicht toll
Und hättest flugs die Hose voll!
Du nähmest Reißaus – dann ein Schrei –
Mit flotten Sprüchen wär 's vorbei,
Wenn wir mit uns'ren Bärentatzen
Das lose Mundwerk dir verkratzten!
Sei also du zu uns so fair
Und red nicht gar so blöd daher!

Drum die Moral von der Geschicht':
Ein Bär mag dumme Sprüche nicht!

(Sa)Ti(e)rische Liebe

Reinhard Hauswirth

Frau Emilje, nie in Eile,
Leidet unter Langeweile,
Brütet in des Sommers Schwüle
Gänzlich ohne Lustgefühle,
Kann den öden Frust nicht fassen,
Sucht den Dampf drum abzulassen,
Will mit Nachdruck demonstrieren,
Dass der Landwirte Manieren
Und, wie sie die Fluren pflegten,
Sie auf 's Höchste doch erregten:
„Riech mal, Achim, welch' Gestank!
Wie abscheulich, macht mich krank!
Kommt doch wohl nich vom WC?" –
„Nee! Das Klo ist schon okay." –
„Kuck doch, Achim, Bäu'rin Liese
Treibt die Bullen auf die Wiese!
Hebt ein Rind den Schweif sodann,
Dass es sich erleichtern kann,
Dann entströmt in großer Fülle
Aus des Bullen After Gülle,
Fallen auf die Wiese Fladen,
Die dem Wohlbefinden schaden,
Da, wenn sie zu Boden sinken,
Diese unerträglich stinken.

Ach, ich bin so echauffiert,
Wie man uns hier drangsaliert! –
Achim, geh zur Bäu'rin hin,
Sag ihr, dass ich wütend bin!" –

Achim tut, wie ihm befohlen,
Geht zur Bäu'rin unverhohlen,
Brüllt ihr lautstark ins Gesicht:
„Anzeige beim Amtsgericht!
Wenn dein Hornvieh uriniert,
Dann wird Gülle produziert,
Auf die Wiese emittiert,
Was die Nase ruiniert,
Weil die Gülle furchtbar stinkt,
Wenn sie jäh zu Boden sinkt." –
„Eahm schaug oo, kimmd vo da Schdod!
Oana, wo koa Ahnung hod.
Bi ned d' Liese, i bi d' Sandra!
Kimmsd d' a wengei duachananda?
I wea dia glei äbbs vazäihn,
Hau grod ob, sunsdd griagsdd a Schäin!" –

Zornesröte im Gesicht –
Achim zieht vor das Gericht,
Lässt vom Anwalt sich begleiten,
Um für Wohlgeruch zu streiten.
Der Herr Richter diskurriert –
Auch wenn ihn kein „Doktor" ziert –

Die Probleme auf dem Land
Durchwegs mit viel Sachverstand
Und vergisst nicht zu betonen,
Dass die E- und Immissionen,
Die die Neubürger so störten,
Just zur Landwirtschaft gehörten;
Folglich – müsse er entscheiden –
Könne niemand sie vermeiden.
Fragt da Sandra Achims Frau:
„Is a Schdia a Umwäidsau?" –
„Nee, das kann doch wohl nich sein,
Rind ist Rind, und Schwein ist Schwein!"
Dann Emiljen zugewandt,
Auf die Antwort bass gespannt,
Spricht der Richter in der Sache,
Was Emilje denn wohl mache,
Wenn auf das WC sie eile,
Auf demselben kurz verweile,
Weil sie 's im Gedärme drücke
Und ihr die Entleerung glücke –
Und Emiljens Antwort drauf:
„Klar doch, mach das Fenster auf!" –
„Seh'n Sie!", so der weise Mann,
„Wie man's doch vergleichen kann!
Nämlich so entweicht die Luft
Und somit Ihr strenger Duft
Auf die Wiesen, auf die Weiden,
Wo die Rinder drunter leiden,

Heftig ihre Nase rümpfen,
Darob lautstark muhend schimpfen.
Nur – sie können sich nicht wehren,
Nicht sich bei Gericht beschweren."
Umweltschutz sei Präferenz,
Folglich sei die Konsequenz:
Nicht das Weidevieh verdrießen,
Sondern fest die Fenster schließen.
Und zum Wohl von Stier und Kuh
Hält man sich die Nase zu –
So der Mann in ernstem Ton –
Hieß der Mann gar Salomon? –
Worte in des Volkes Namen,
Klage abgewiesen! Amen!

Hin auf diesen weisen Rat
Schreitet Sandra flugs zur Tat,
Schleicht zum Richterstuhl klammheimlich,
Seufzt ganz leise, ihr ist 's peinlich:
„Weil S' a Heaz fia d' Viecha ham,
Reiß i mi fei nimma zamm:
Sie, Hea Richdda, sand a Schadds!"
Sprach 's, schon macht es lautstark „Schmatz!"
Keiner sieht 's, doch jeder hört's,
Nur den Rechtsanwalt empört's.

Diese Geste zu bewerten,
Überlässt man Rechtsexperten –

Die Moral von der Geschicht':
Klugheit schützt vor Küssen nicht! –
Wenn der Richter klug entscheidet,
Nutzt's dem Tier, das friedlich weidet!

Nelli, Ricky und die Sterne

Evelyne von Heimburg

Nelli war sehr krank geworden.

Es war die »Zeit ist Geld-Zeit«, die das bewirkte. Viele Jahre arbeitete sie am Tag und oft auch nachts. Tränen flossen.

Sie überlegte, was aus ihr werden sollte? Mit dem Wegfall der Arbeit geht auch die Anerkennung verloren, dachte sie bitter. So geht es vielen Menschen auf unserem Erdball.

Zeit ist Geld-Zeit. Das Leben mit der Familie, mit den Freunden, die Natur verschwinden hinter Zahlen und Bildschirmen.

Was tun? Wie die Zeit füllen?

Nelli kam eine Idee.

Ihr fiel das dicke, schon abgegriffene Buch der Großmutter ein. Es handelte vom Himmel und von der Bedeutung der Sterne für jeden Einzelnen.

Wenn der Mensch seine Begabung kennt, seine Energie einschätzen kann, so dass die Arbeit Freude macht, muss man nicht viel Geld besitzen, um glücklich zu sein, sagte die Großmutter. Nelli ging in den Speicher, holte es aus einer großen verstaubten Truhe. Das Sternenguckerrohr von Großvater, das sie ebenfalls auf dem Boden fand, stellte sie vor ihr Fenster.

Jeden Abend schaute sie nun zu den Sternen.

Sie funkelten, glühten um die Wette. Nelli verglich den Sternenstand mit den Bildern im Buch. Nach einer Weile kannte sie einzelne Sterne mit Namen und ihre Bedeutung, was in dem Buch darüber stand.

Es war Abend geworden.

Nelli war schon eine Weile entzückt vor der Schönheit des Nachthimmels gesessen, als sie eine zarte melodische Stimme vernahm.

Die Stimme sagte:

»Hallo, Nelli, schön, dass Du uns besuchst, ich bin Neptun, der Stern der Phantasie und der Künste, ich möchte Dir einen Rat geben.

Gehe in deine Welt, in die Welt der Phantasie und der Sterne.

Erzähle den Kindern, was du siehst. Rege sie an, uns zu besuchen und ihre Phantasie zu erwecken.

Nelli war überrascht über den Rat Neptuns und nahm sich vor, das zu beherzigen.

Jeden Abend saß sie nun vor dem Sternenguckerrohr, und es fielen ihr die wunderbarsten Geschichten ein.

Sie ging am Rand der Phantasiestraße entlang und pflückte die bunten Phantasieblumen. Besonders ergiebig erwiesen sich die Traumstraßen.

Natürlich nur, um den Kindern die Farben und Formen zu schildern, die da so wunderschön leuchten und blühten. Sie kamen direkt aus dem Reich der Phantasie.

Um euch dorthin mit zunehmen, sollt ihr eine Vorstellung haben, wer Nelli ist.

Nelli ist ein zeitloses weibliches Wesen mit semmelblonden Haaren, zu einem Zopf gebunden, einer zierlichen Knopfnase, den blauesten Augen der Welt und den schmunzeligsten Lachfalten, die ihr Euch vorstellen könnt.

Sie wohnt in einem in die Jahre gekommenen Haus das Dachgeschoss mit Barockbildern, vielarmigen Lampen mit schnörkligen Glastropfen, einem spanischen Bett, in dem sie oft träumt und es sofort verlässt, wenn ihr eine Geschichte einfällt, um sie Euch aufzuschreiben.

Trotz der vielen Geschichten fühlte Nelli sich oft einsam.

Wieder hörte sie aus einer Ecke in ihrem Kopf eine Stimme.

»Nelli, ich helfe Dir!«

»Wer bist Du?«, fragte sie verwundert.

»Ich bin Jupiter, der Glücksplanet, ich habe eine Idee in meinem Füllhorn. Mein Künstlerfreund, Neptun, hat Dir schon den Rat mit den Sternen gegeben. Ich aber meine, Du darfst nicht alleine bleiben!«

»Dann sprich, Jupiter, ich möchte gerne wieder lachen und tanzen.«

»Nelli, erinnerst Du dich, was dir als Kind am meisten Freude bereitet hat? Erinnerst Du dich an Cherry, den Hund?«

Nelli fiel es wie Schuppen von den Augen.

»Ja, ein Hund wäre mein größter Wunsch!«

»Nelli, schau Dich um, ich habe schon einen auf die Welt geschickt, ich, der Jupiter, wünsche mir, dass Du ihn Ricky nennst!«

»Vielen Dank, Jupiter, ich gehe gleich an einem der nächsten Tage los«, sagte Nelli, »und suche Ricky.«

Viele Wege war sie gegangen, bis sie endlich vor ihm stand. Es war ein weißes Wollknäuel mit drei schwarzen Punkten im Gesicht. Das ist er, dachte sie sich, das muss er sein.

Nelli rief »Ricky«, und er sagte: »Ich bin`s Nelli, ich habe Dich gehört, Wu...ff!«

»Fein, dass ich Dich gefunden habe!«

»Ja«, sagte Ricky, »Ich weiß von Vater Jupiter, dass Du auf mich wartest. Hole mich unverzüglich von hier fort. Ricky muss essen, was alle essen, und schlafen, wenn alle schlafen. Ich bin aber ein besonderer Hund und freue mich auf viele Leckereien!«

»Ist gut, mein Kleiner, ich bezahle dein Reisegeld von den Sternen bis hierher.«

Gesagt, getan, und schon hatte sie Ricky ins Körbchen gehoben. Sie gingen zu Max, einem dicken Brummer unter den Autos.

»Hallo Max«, sagte sie zu ihm. »Ab heute ist Ricky unser Wegbegleiter.«

Max hupte vor Freude. »Endlich wird es fröhlich unter meinem Dach!«

So fuhren sie zu dritt nach Hause.

Die Bäume vor Nellis Haus, die sie natürlich alle persönlich kannte und denen sie alle einen Namen gegeben hatte, freuten sich, als sie ankamen.

Egon, ein dicker Lindenbaum-Mann, knarrte freudig:

»Siehst Du, Agathe, da kommt unsere Nelli mit ihrem neuen Freund. Hoffentlich geht es ihr bald besser!«

Agathe, eine schlanke Tannen-Bäumin, nickte wohlwollend und sagte:

»Ja, das würde uns alle freuen, die wir hier stehen.«

Ricky sprang gleich an die Füße von Egon und begrüßte ihn mit ein paar Tröpfchen.

Ricky hatte nun all die Freunde begrüßt, und Nelli bat ihn ins Haus. Er war noch so winzig, dass die hohen Treppen bis hinauf ins Dachgeschoss für ihn unüberwindlich waren. Kurzer Hand nahm ihn Nelli auf den Arm. Oben angekommen, eröffnete sie ihm ihre Welt, eine Welt, in der sie bisher allein gelebt hatte. Ricky war überrascht.

»Schön, wu...ff, hast Du`s hier, aber ich habe mächtig Hunger!«

»Natürlich«, sagte Nelli, »bekommst Du jetzt ein Begrüßungsessen!«

Ricky wedelte freudig mit seinem kleinen Schwänzchen.

»Fein, Wu...ff, fein! Nelli, was ist denn das für ein Rohr?«, hörte sie Ricky fragen.

»Das ist ein Sternenguckerrohr vom Großvater«, erklärte sie ihm.

»Wenn es Nacht wird, besuche ich mit meinen Augen die Sterne.«

Ricky war erstaunt und sagte:

»Ist das dort, wo ich herkomme?«

»Ja, lieber Ricky, genau da, wo wir alle wohnen, wenn man uns noch nicht sehen kann! Oder später, nach unserer Erdenzeit, wenn man uns nicht mehr sehen kann!«

»Was ist, wenn man uns nicht mehr sehen kann?«

»Dann sind wir Energie. Und was Energie ist, erkläre ich Dir, wenn Du länger hier bist.«

»Darf auch in das Sternenguckerrohr schauen, wenn es Nacht wird?«, fragte Ricky.

»Ja, natürlich, ich erkläre Dir, wie meine Sternenfreunde hier auf Erden genannt werden. Und welche Geschichten sich die Menschen hier über sie erzählen!«

Der kleine Ricky war müde geworden, seine Äuglein waren schon ganz klein, und potz Blitz legte er sich schlafen. So hatte Nelli Zeit, alles aufzuschreiben.

Rickys Ankunft wurde in ein großes rotes Tagebuch geschrieben. Es war inzwischen Nacht geworden. Nelli war noch immer wach und in der Küche am Backen.

Einige Stunden waren vergangen, als der kleine Ricky gähnend angetapst kam.

»Hallo, Nelli, ich habe schon wieder Hunger!«

»Gut!«, sagte sie zu Ricky.

»Im Eisschrank liegt noch ein feines, gebratenes Stück Huhn für Dich und mich!«

»Huhn, fein ...!«. Er leckte sich bereits in Vorfreude sein Mäulchen.

»Kleine Hunde wie du dürfen nur das Fleisch essen, keine Hühnerknochen. Das wäre sehr gefährlich!«

Ricky und Nelli schmeckte es vorzüglich. Die Sternenfreunde am Himmel winkten ihnen dabei zu. Nachdem die beiden mit dem Essen fertig waren, sagte Nelli:

»Ricky, setze dich neben mich, ich erzähle dir Geschichten von unseren Sternenfreunden am Himmel.«

Nelli holte sich einen Stuhl, und Ricky, das kleine Hündchen, saß neben ihr auf einem Sessel.

»Die Erde ähnelt einem Raumschiff, sie ist ein Ball, auf dem wir alle leben und der sich um die Sonne dreht. Die Blumen, die Tiere und auch die Menschen richten sich nach dem Stand der Sonne. Darum heißt es auch, die Sonne ist aufgegangen, der Tag ist erwacht. Die Menschen und die meisten Tiere erwachen, und die Blumen fangen zu blühen an.«

»Wenn aber keine Sonne scheint?«, fragte Ricky.

»Die Sonne verbirgt sich hinter den Wolken. Oder sie ist am anderen Ende der Kugel und es ist Nacht. Die Menschen waren vor Millionen von Jahren auch Tiere, die sich darauf verlassen mussten, was die Natur ihnen bietet. Sie hatten im Laufe der langen Zeit gelernt, auf zwei Beinen zu gehen. Und das, weil sie die Früchte auf den Bäumen erreichen mussten, um zu überleben. So ist ein uraltes Wissen über Kräuter und Pflanzen in den Menschen gewachsen. Sie beobachteten die Sterne und die Naturphänomene. Nach dem Stand der Sonne wussten sie genau, wann welche Blume blüht und wann sie weiterziehen, um Nahrung zubekommen. Damals gab es noch keine elektrischen Lampen, und die Nächte waren sehr dunkel, und unsere Sternenfreunde waren das einzige Licht, was die Nacht erhellte. Sie machten sich auch Gedanken, welches Temperament ein Kind bekommt. Es hängt vom Sonnenstand ab und in welchem Monat es auf die Welt kommt. Die ältesten astrologischen Tafeln aus Stein sind 5000 Jahre alt.«

»Das muss ja riesig spannend gewesen sein!«, murmelte Ricky.

»Ja, sie gaben den Sternen Namen. Es waren Götter für die Menschen geworden. Alles, was hoch und nicht erreichbar war, war ein Gott.

Daher kommt es, dass wir auch noch heute in den Himmel schauen, wenn wir beten.«

»Was ist beten?«, fragte Ricky.

„Beten ist, wenn man Wünsche hat oder wenn man Sorgen hat oder wenn man dankbar ist, dann richtet man Worte an den lieben Gott, der uns alle erschaffen hat.«

»Und wo sitzt der liebe Gott?«, fragte er neugierig.

»Gott sitzt hinter all den Sonnen und Sternen und freut sich, wenn alles blüht und gedeiht, und er passt auf, dass sich alles dreht!

Die Sonne, die Erde, der Mond, auch Jupiter, Saturn, Merkur, Venus und der Neptun, der Pluto und der Mars.«

»Wuff, meine Güte, hat Gott aber viel zu tun! Kann man den Gott auch sehen«?

»Nein«, sagt Nelli. »Erst wenn deine Erdenzeit vorbei ist!«

»Wuff, wuff, da muss ich schnell die Erdenzeit verlassen, dass ich Gott sehen kann«, japste Ricky und sprang vom Sessel.

»Nein, nein, kleiner Ricky, bleib nur bei mir, deine Erdenzeit ist vorgegeben, und jedes Geschöpf hat hier auf Erden seine Bestimmung, niemand ist umsonst hier.«

Ricky wurde unaufmerksam und tapste davon. Nelli holte ihm ein Schälchen mit frischem Wasser. Für den ersten Tag war es genug für den kleinen Hund, dachte Nelli. Nachdem Ricky getrunken hatte, legten sie sich schlafen.

Am nächsten Tag, früh am Morgen, blinzelte schon die Sonne ins Zimmer. Der kleine Hund rieb sich mit seinen kleinen Pfoten verträumt die Augen.

»Guten Morgen, Nelli«, sagte er.

»Ich habe von den Bäumen und den Sternen geträumt!« Nelli freute sich.

»Fein, dass du schöne Träume hattest«, sagte sie vergnügt zu Ricky.

Ricky aber schnüffelte verdächtig am Boden entlang. Leise winselnd sagte er: »Nelli, schnell, ich muss Gassi gehen.«

Nelli hüpfte in ihren Rock und in ihre Bluse, nahm Ricky unter den Arm und ging schnell auf die Straße zu Egon, den Lindenbaum-Mann, und Agathe, der Tannenbäumin.

»Hallo, Agathe, hallo, Egon«, rief Ricky und lief zu ihnen, um sie wieder zu begießen.

Auch Knurzelwurz und Knatzelputz, die zwei schwarzen Raben, kamen geflogen, um Nelli und Ricky zu begrüßen und um einen Happen Hundekuchen zu erhaschen.

Nachdem sie alle begrüßt und den beiden Schwarzen ein Stück Hundekuchen gegeben hatten, gingen sie wieder ins Haus. Den ganzen Tag waren sie am Spielen und Kuscheln. Ricky hatte dazwischen immer wieder mächtigen Hunger.

Es waren ein paar Wochen vergangen, und man sah den kleinen Hund direkt wachsen. Nelli hatte ihre Traurigkeit ganz und gar vergessen, sie lachte und tanzte den ganzen lieben langen Tag durch die Wohnung.

Dauernd fielen ihr Späße ein, und ihr großer Schreibblock wurde immer voller mit hübschen kleinen Geschichten. Ricky war ein so fröhlicher, liebenswerter Hund, dass die Leute auf der Straße stehen blieben und lachten. Er ließ die Menschen ihre Traurigkeit vergessen. Sicher war das der Sinn, warum er auf der Erde war, dachte Nelli.

Es sind Monate vergangen, der kleine Ricky war ein kleiner (hinsichtlich seines Charakters ein gro-

ßer) Malteser Hund geworden. Er wog nur vier
Kilogramm und passte in eine Korbtasche, die er
sehr liebte. Besonders wenn Gefahr drohte, wenn
ihm ein bissiger Hund zu nahe kam, sprang er ganz
von selbst hinein.

Nelli und Ricky waren in den nächsten Jahren viel
unterwegs in Schulen, Altenheimen und Bibliothe-
ken und lasen ihre Geschichten über die Tiere, die
Sterne und die Menschen vor. Die Geschichten
wurden auch in Büchern verlegt, und die beiden
hatten keine finanzielle Not mehr.

Nelli sprach immer, viele Jahre später, wenn sie
von ihrem Hund erzählte, »von der größten, haarigen Liebe ihres Lebens".

Unsere Zeit in deinen Augen

Thomas Hocke

In deinen großen, aufmerksamen Augen spiegelt
sich unsere Zeit.

Bernstein, darin eingelegt zweifach ein schwarzer
Knopf.

Dein Blick weiß über unser Leben,
weiß über unsere Zeit hinaus.

Denn deine Geschichte ist Teil von meiner
Und deine Zeit ist Zeit von meiner.

Vor unserer Zeit

„Mama, ich will einen Bruder!"

„Nein, Tim."

„Warum nicht?"

„Wir ziehen bald um, er müsste sich dann neu
eingewöhnen."

„Ist das sooo schlimm?"

85

„Sehr schlimm."

Ich war vier Jahre alt, und etwas fehlte in meinem Leben. Dass du es sein könntest, daran dachte ich nicht. Zwei Jahre später wohnten wir in einem neuen Haus mit viel Platz.

„Mama ...?"

„Nein, wirklich nicht."

„Wenigstens eine kleine Schwester – eine klitzekleine?"

„Aber wir haben doch keine Zeit. Papa und ich müssen viel arbeiten, damit wir weiter so schön wohnen können. Das willst du doch auch, oder?"

Mit reduzierten Ansprüchen ging es also nicht. Wieder zwei Jahre später:

„Mama ...?"

„Du bist zu groß, du könntest nicht mit ihr spielen."

„Ich würde sie immer füttern und ihre Windeln wechseln."

„Für diese Verantwortung bist du nun wieder nicht groß genug."

Es klang abschließend. Kein Wunder, dass wir eine Art Dach auf dem Schornstein hatten, da konnte der Storch garantiert nichts hineinwerfen.

Oft war Vater geschäftlich unterwegs, und wenn er nach Hause kam, gingen die Uhren schneller. An wenigen Tagen wurde alles an Erziehung nachgeholt, was in der Zwischenzeit versäumt worden war. Du weißt davon, denn es war auch so während unserer ersten gemeinsamen Jahre.

Doch das Leben ist nie nur so oder so. Als kleiner Junge war ich recht beliebt, und so hatte ich eine richtige Freundin, die jüngste Tochter unserer Nachbarn. Leider zog die Familie dann nach Norddeutschland. Aber in den Sommerferien durfte ich zu ihr fliegen, ganz alleine.

Mit einer orangefarbenen Tafel wurde ich behängt, auf der alles Wesentliche über mich stand, und von engelsgleichen Stewardessen betreut. Am zweiten Ferientag spazierte ich mit Annette am Timmendorfer Strand. Wir beobachteten einen Mann, der seinen Cockerspaniel apportieren ließ.

„Ich hätte so gerne einen Hund, aber meine Eltern erlauben es nicht", sagte sie leise.

„Einen Hund hätte ich auch gern."

Meine Antwort kam spontan, denn es war mir unmöglich, Dinge nicht zu wollen, die Annette wollte, und die Hoffnung auf zweibeinigen Familienzuwachs war bereits auf den Nullpunkt gesunken. Die Idee vom Hund jedoch transportierte ich in einer Boeing 737 nach Hause.

„Ich weiß nicht. Es ist doch zu selten jemand da, der ihn versorgen könnte, du bist doch meistens in der Schule oder beim Sport."

Meine Mutter klang sorgenvoll, wie häufig. Vater hingegen blickte versonnen drein. Er war mit Schäferhunden groß geworden.

„Ich gehe mit ihm Gassi. Ich laufe mit ihm, füttere ihn und alles." Ich blieb stur.

„Du hast nicht einmal Sinn für die Pflicht, deine Hausarbeiten zu erledigen."

Mit einem Mal klang seine Stimme streng. Immer, wenn man dachte, man hätte ihn eingefangen, kam er einem so. Das Thema war erledigt.

An einem Heiligen Abend

Weihnachten. Mir ist, als sähe ich den Lichterglanz des großen Baums in deinen Augen! Viele Geschenke standen darunter, den Inhalt einiger Pakete konnte ich am Format erkennen. Es waren Schienen und Waggons für die große Eisenbahn darin, die eines Tages, das versicherte mir Vater immer wieder, gemeinsam im Garten aufgebaut werden würde. Frühzeitig gewann ich Einsicht in das, was die Bahn von jeher ausmacht. Das hochherzige, nie vollständig einzulösende Versprechen, alle Welt miteinander zu verbinden.

Doch da gab es noch etwas. Eine Art Korb. Spannung lag im Raum, etwas war anders als sonst. Alle blickten mich an. Meine Eltern. Meine beiden Großmütter. Mein Großvater grinste, er war aber auch ein humorvoller Mensch.

An dem Korb hing ein Zettel, in den schlicht gestalteten Buchstaben meiner Mutter stand darauf: „Ich heiße Cäsar."

Vorsichtig sah ich in den Korb hinein. Stumm vor Überraschung, minutenlang.

Denn darin, da lagst du. Klein, verloren. Ein flauschiges, rot-cremefelliges Wesen, das mich aus riesigen runden Angstaugen ansah.

Deshalb also war mein Vater am Nachmittag verschwunden, obwohl er sonst immer aufpasste, dass ich den Tannenbaum auch wirklich schön schmückte. Um dich abzuholen. Dich von deiner Mutter und deinen Geschwistern zu trennen. Du hattest nicht wissen können, wie dir geschah. Und wusstest nichts über dein weiteres Leben.

An eine Katze hatte ich nie gedacht. Doch schon dein erster Blick war mit einem Zauber belegt. Ungeschickt hingegen mein erster Versuch, dich zu streicheln. Du bekamst einen Schreck, verkrochst dich in die hinterste Ecke. Ich wollte dich herausnehmen aus deinem schützenden Häuschen. Doch du warst am Kissen festgekrallt.

Mein Herz klopfte. Ich hatte genau so viel Furcht vor dir wie du vor mir.

„Lass ihn erst einmal. Später wird er von selbst kommen. Zeit für die Ente!"

Mit einem Satz war Vater wieder auf der Kapitänsbrücke. Während des Essens verrenkte ich mir den Kopf. Hattest du den Korb schon verlassen?

Den ganzen Abend saß ich vor deinem Haus aus geflochtenem Bast und sah dich an. Damit du mich kennen lernen konntest. Aber du kamst nicht, sondern lagst zusammengekauert. Ein Gefühl der Beklemmung beschlich mich. So gerne hätte ich dich mit in mein Zimmer genommen.

Doch ich ließ dein Heim an seinem Platz, damit du nicht schon wieder mit neuen Wänden fertig werden musstest. Ich durfte mir eine Gartenliege aus dem Geräteschuppen holen und stellte sie ins Wohnzimmer, neben den duftenden Weihnachtsbaum. Und direkt neben den Korb.

Ich zog die Decke bis zum Hals. Alle Lichter waren gelöscht. Die Standuhr im Gang tickte in die Stille hinein. Ich konnte nicht schlafen.

Dann ein Geräusch, das ich nicht kannte. War es ein Ausdruck von Panik? Ich horchte weiter. Hoffte, du seiest nicht vor Kummer krank geworden.

Ein leichtes Gewicht auf meiner Decke! Etwas bewegte sich auf mich zu. Ein leises Brummen, das sich rasch verstärkte. Dann eine Berührung. Etwas Raues, Nasses an meinem Hals. Etwas trat auf der Stelle, dann rollte es sich ein, oberhalb meiner Magengegend. Der ganze, kleine Körper vibrierte. Ich spürte die Tränen aufsteigen.

Die ersten beiden Jahre mit dir

Wie oft haben wir das dann gemacht, in meinem Zimmer, nach einem Tag, an dem etwas mich traurig gestimmt hatte? Ich sehe dir an, du erinnerst dich! Du erinnerst dich daran, wie du den Platz meines Teddys im Bett eingenommen hast. Weißt du, dass ich damals Verrat an ihm empfand, trotz deiner lebendigen Augen? Dass du bei mir unter der Decke schlafen durftest, das habe ich bis heute nicht ganz verstanden. Doch ich weiß, du hast mich mit vielem versöhnt.

„Tim, was tust du?"

„Ich sitze hier."

„Und guckst Löcher in die Luft. Denk an die Mathearbeit morgen."

„Cäsar liegt auf meinem Buch."

„Nimm ihn runter."

„Er schläft doch."

So haben wir von Anfang an zusammengearbeitet, du und ich. Und du mochtest die glatte Oberfläche, den Geruch des bedruckten Papiers. Ins Zimmer schien die Nachmittagssonne, und dein weiches, warmes Fell glänzte goldrot. Prächtig hattest du dich entwickelt. Breite Tatzen anstatt kleiner Katzenkinderpfoten. Dein dünner Schwanz war buschig geworden, mit weißer Spitze. Deine Augen im Verhältnis zum Kopf nicht mehr so groß, und aus der Angst vor dem Unerwarteten darin waren Vertrauen und Verständnis geworden.

Immer dann, wenn du sie zusammengekniffen und dann wieder geöffnet hast, wirkte das wie eine kleine, große Verschwörung von uns beiden gegen den Rest der Welt. Ich hatte mir angewöhnt, ebenfalls die Lider zu senken und wieder zu heben, um dir in allem zuzustimmen.

„Kuckuck! Pspspsps!"

Manchmal war es nicht einfach, dich zu locken. Aber letztlich gelang es mir immer. Was ist eine Stoffmaus gegen den Kopf eines zusammengekauerten Vierzehnjährigen, der plötzlich hinter dem Türrahmen verschwindet. Man kann heranrasen, sich aufrichten, so dass man riesengroß wirkt, und mit den Vorderpranken diesen Schülerkopf mit den fettigen Haaren und dem pickeligen Gesicht bearbeiten. Man kann sich geradezu tierisch darüber freuen, dass man den Typ hinter der Tür so schön erschreckt hat.

Du warst der einzige, dem es nichts ausmachte, dass ich mich von einem nett ausschauenden Kind in ein rot gepusteltes Monster verwandelt hatte, dessen Zähne überdies hinter einem Maschendrahtzaun versteckt waren.

Gleichwohl – du mochtest mich. Und wir blieben, was wir waren. Freunde, die gerne miteinander kuschelten. Wie oft hast du mir im Winter die Wärmeflasche ersetzt. Ich war verfroren, ein richtiges Leichtgewicht. Du gabst mir frühzeitig das Gefühl, dennoch ein begehrter Bettpartner zu sein.

„Am liebsten würde ich dich in die Waschmaschine stecken. Aber dann wäre alles von deinen Haaren verstopft."

„Miauuuuuh!"

„Gut, dass das Fenster zu ist. Wer dich hört, ruft den Tierschutzverein an."

„Mrriiiaauuuuuuuhhhhggrrrrrrrrrrrrr!"

„Was sein muss, muss sein. Du bist ein großer, roter Perser, also wirst du gestriegelt, bis du wieder schön bist. Eine Straßenkatze putzt sich selber, aber du kannst das ja nicht, auch wenn du immer so tust. Papa kommt."

Vater kam ins Bad. Und gab mir zwei Arbeitshandschuhe. Diese unverwüstlichen mit dicken Lederstellen, wie Handwerker sie tragen. Ein weiteres Paar nahm er selbst. Dann packte er deine kräftigen Hinterbeine, ich die vorderen mit einer Hand – und mit der anderen zog ich vorsichtig die Stahlbürste durch dein dichtes, verfilztes Fell. Stellenweise war kaum ein Durchkommen. Du schriest, als würdest du geschlachtet. Mit dem Ausgekämmten hätte man eine Filzhut-Produktion aufziehen können. Leider waren Filzhüte aus der Mode. Es war die Zeit, als wir grüne Bundeswehr-Parkas mit Kapuzen trugen und die ersten Anti-AKW-Buttons in Umlauf kamen.

Die Momente der Körperpflege, das waren diejenigen, in denen ich dich nicht so sehr liebte wie sonst. Deine fernen Ahnen aus den wilden Wäldern und Savannen sprachen aus dir, und deine Eckzähne schienen länger und länger zu werden. Fünf Minuten später lagst du schnurrend auf meinem Bett, mit glänzendem, nach Katzenpuder duftendem, fast knotenfreiem Fell. Zufrieden, als sei die Welt ein rosaroter Luftballon.

„Nicht aufstehen und schütteln!", ermahnte ich dich. Manchmal hieltest du dich daran.

Ansonsten musste der Deckenüberzug gewechselt werden.

Auch für dein Klo war ich zuständig. Streu wechseln, den Kasten desinfizieren. Gefüttert wurdest du hingegen selten von mir. Meine Eltern standen eben früher auf. Und abends kam meine Mutter gerade rechtzeitig, um über dich zu stolpern, wenn du zwischen ihren Beinen herumliefst, mit bettelndem Blick; dich am Küchenschrank emporrecktest, in dem du die Whiskas-Dosen wusstest.

Der Sommer, als ich fünfzehn war

Irre ich mich, oder schaust du gerade ein wenig gierig? Wie kurz vor dem großen Fressen? Natürlich hast du nicht nur Futter aus der Dose bekommen. Es gab einen richtigen Ernährungsplan für dich. Gesund und schön bleiben, dabei steinalt werden solltest du.

„Ich möchte das Katzenfleisch abholen, Herr Reger."

„Wir verkaufen doch hier kein Katzenfleisch."

„Äh ..."

„Der junge Mann meint sicher das ungarische Gulasch, das für Hecker zurückgelegt ist."

Die dralle Verkäuferin hatte es erfasst.

Der Metzger, ein dünner, bleicher Mann, starrte mich an. Es war zu jener Zeit noch ungewöhnlich, dass Katzen besser ernährt wurden als viele Menschen. Ich nahm rasch die Ware entgegen, zahlte und verließ das Geschäft.

Das Jahr, in dem der Wechsel in die zehnte Klasse anstand, begann mit einer bösen Überraschung.

„So geht es nicht mehr. Deshalb haben wir die Konsequenzen gezogen."

Angstvoll sah ich meinen Vater an. Wollten sie dich mir wegnehmen?

„Du gehst ins Schüler-Seminar. Hier kann niemand deine Aufgaben kontrollieren. Und deine Noten in den Naturwissenschaften sehen so schlecht aus, dass man um deine Versetzung fürchten muss."

„Aber ..."

„Du bist angemeldet. Oder wäre dir ein Internat lieber?"

Vaters Blick war eindeutig. Der meiner Mutter entschuldigend. Ob ich dich in ein Internat hätte mitnehmen dürfen?

Eine neue Zeit begann. Vorbei die Nachmittage mit den Freunden, die Radtouren, die verplauderten Stunden, das Lesevergnügen, während andere ihre Hausaufgaben machten. Vorbei die verträumten Augenblicke, in denen ich einfach nur aus dem Fenster sah, den Wolken nach, die am weiten Himmel zogen, während du schnurrend im Sonnenlicht vor mir lagst.

Vorbei auch die Zeit, in der wir beide im Garten spielten. Im Garten warst du es, der sich immer versteckte. Stundenlang musste ich dich manchmal suchen. Zuweilen hattest du einen Baum erklommen, und ein ängstliches Miauen machte mich irgendwann darauf aufmerksam, dass rauf leichter ist als runter, für eine Stubenkatze wie dich. Dann rettete ich dich mit einer Leiter. Deine Augen zeigten so viel Dankbarkeit, dass ich dich an mich drückte, egal, ob dein Fell gerade von Baumharz verklebt war und das Kämmen eine besondere Tortur für alle Beteiligten sein würde.

Du machtest Ausflüge auf die Straße, untersuchtest die Gegend auf Mäuse, Vögel und Katerkollegen - aufregende Expeditionen in fremde Gefilde. Für uns warst du nicht selten unauffindbar. Ohne Nachricht verschollen. Doch eines brachte dich regelmäßig zurück: Ich ging mit deinem Fressnapf auf die Terrasse und klopfte damit kräftig und anhaltend auf den Boden.

Ich kam jetzt nur wenig früher nach Hause als Mutter, und meine Noten wurden nur wenig besser. Gerade so viel, dass ich nicht wegen Physik und Mathe eine Ehrenrunde drehen musste.

Außerdem machte ich immer mehr Sport - hauptsächlich Schwimmen. Wegen des Trainings war ich auch an den Abenden oft nicht zuhause. Kaum zu glauben, dass dir der Chlorgestank, den ich nachher trotz Intensivdusche verströmte, nichts ausgemacht hat. Nach wie vor war dein abendlicher Lieblingsplatz unter meiner Decke. Du hattest Verständnis. Du nahmst es mir nicht krumm, dass ich abgekämpft war, selten Lust zum Versteck spielen hatte, und meine häufigen Magenschmerzen kuriertest du damit, dass du dich auf meinen Schoß legtest und schnurrtest, als gelte es, einen Wettbewerb zu gewinnen. Du warst der ruhende Pol in meinem Leben.

„Tim, eine Überraschung für dich."

„So?"

Die Sommerferien hatten gerade begonnen, im bis dahin schwierigsten Jahr meines Lebens. Sechs herrliche Wochen ohne Schule und Seminar lagen vor mir. Und jetzt auch noch eine Überraschung!

„Annette kommt für zwei Wochen. Nächsten Donnerstag."

Mein Blick war so skeptisch, dass meine Mutter die Augenbrauen hob. Zwei Jahre hatte ich meine Freundin aus Kindertagen nicht mehr gesehen. Meinen Briefen hatte ich Fotos von dir beigelegt, sie hingegen sendete keine von sich. Sie schien sich mehr für dich als für mich zu interessieren. In ihrem letzten Brief stand nichts von ihrem anstehenden Besuch, aber vielleicht sollte er für sie ebenfalls eine Überraschung sein. Annette würde dich himmlisch finden.

Mich hingegen? Die Pickel waren zu einer Seuche geworden, mit Ausläufern auf Schultern und Armen. Ich drückte noch am selben Abend alles aus, was nicht rechtzeitig von selbst verschwand. Der Hautarzt hatte mich vor dieser Methode gewarnt, aber ich war in einer Notlage. Der Badezimmerspiegel bedurfte anschließend einer Reinigung. Immerhin standen die Zähne jetzt wie eine Eins. Oder wie eine Reihe von Einsen. Und waren vom Zaun befreit.

„Hallo, Tim!"

„Hi ... ha ... hallo."

Mit einem blauen Koffer stand sie vor mir, in einen blauen Overall gekleidet. Die Haare länger als vor Jahren und etwas dunkler. Sie war jetzt so groß wie ich. Oder größer? Ihr Gesicht war nicht mehr rundlich, es war ein perfektes Oval. Ihr Haar leuchtete in der Sonne, die durch die Scheiben der kleinen Flughafenhalle fiel. Auf Gummibeinen stakste ich zum Auto.

„Bist du süß!"

Sie beugte sich zu dir hinab und strich dir über den dicken Kopf. Du schnurrtest, und ich war eifersüchtig. Meine Knie blieben weich, beim Abendessen, blieben es am folgenden Tag, zudem verspürte ich ein seltsames Gefühl in der Magengrube.

„Meinst du, wir können ihn mitnehmen?", fragte Annette.

Wir wollten wandern, dorthin, wo wir einmal zusammen gespielt hatten, und in den nahen Wald.

„Eine Leine haben wir – aber ich hab noch nie gesehen, dass jemand mit einer Katze an der Leine spazieren geht."

„Ich auch nicht. Aber wenn alle immer so gedacht hätten, dann säßen wir noch auf den Bäumen, oder?"

Gerne hätte ich mit ihr auf einem Baum gesessen.

Wärst du ein Hund gewesen, so wärest du bereitwillig gefolgt. Aber ein Kater ist ein Kater, und die Tatsache, dass wir alle fünf Meter stehen bleiben mussten, weil du in jede Richtung wolltest, nur nicht geradeaus, die genoss ich, denn die Wanderung dauerte eine kleine, dreisame Ewigkeit.

Du wurdest Zeuge, wie Annette unvermittelt meine Hand nahm. Und unter dem Dom aus hohen Stämmen und grünem Laub bekam ich den ersten Kuss. Den ersten richtigen. Es war kein Zufall, dass du dich in diesem Moment auf den Boden setztest und deine rosa Zunge durchs dichte Fell glitt.

Wer uns begegnete, lächelte über das seltsame Trio, das die Dorfstraße entlang zog. Ein stattlicher, roter Kater, ein honigblondes Mädchen und ein schlaksiger Typ in einer viel zu großen Jacke, ein Übergangsmensch zwischen Kind und Kumpel.

Annette hatte mich in jenem Sommer zum letzten Mal besucht. Später, als Rentner, zogen ihre Eltern wieder in unser hügeliges Dorf, Annette habe ich noch zwei Mal wiedergesehen.

Am Ufer unserer Zeit

Die fallenden Blätter, ich sehe sie in deinen Augen. Den Augen, die noch immer nicht zu fassen scheinen, was geschah. Ich betrachte das Foto, das sie wiedergibt wie kein anderes. Es glückte mir am Weihnachtsabend des Jahres, in dem du zwei Jahre alt wurdest. Meine Großeltern hatten mir eine wunderbare Kamera geschenkt, und mein erstes Motiv warst du. So wie dieses Bild, so ist mein Bild von dir. Jung und weise, sanft und stark, nie perfekt und wunderschön.

Ich war traurig, nach dem Sommer, der ein erster und ein letzter Sommer zugleich war. Und du wusstest, deine schleckende Zunge war kein vollständiger Ersatz für Annettes Lächeln. So zu denken, das war ungerecht von mir, doch in der Pubertät ist nichts relativ.

Du gabst dein Bestes, um mich aufzuheitern.

„Wo ist Cäsar schon wieder? Und was ist das draußen für ein Geräusch?"

„Das ist der Fön."

„Auf der Terrasse?"

Es bot sich ein seltsames Bild. Bunte Blätter wirbelten umher, aufgehoben durch die Warmluft meines orangefarbenen Haartrockners. Und inmitten des Wirbels saßest du, mit einem Blick zwischen Wut und Hilflosigkeit - und sehr magerem Körper. Daneben Vater, der versuchte, dich wieder zu üblichem Umfang zu ondulieren.

„In den Teich gesprungen. Die neuen Goldfische", war sein trockener Kommentar.

Ich sah das lange Brett, das über einer Ecke des Teichs lag. Vater hatte wohl unterseeisches Unkraut gejätet, und du hattest die Brücke zu eigenen Zwecken missbrauchen wollen.

Und wieder verging ein Jahr, kam ein Frühling, kam ein Sommer, ein Herbst. Es war im September, ich erinnere mich genau. Ein Windstoß fegte durch den Garten. Ich legte mein Buch zur Seite, mich fröstelte mit einem Mal. Der Himmel war nicht mehr blau, sondern weißgrau.

Du kamst unter dem Rhododendron hervor, hattest den Vögeln aufgelauert, die ich dir nie zu fangen erlaubte. Mit klagendem, beunruhigtem Miauen setztest du dich vor mich, sahst mich an. Ich nahm ein Blatt Papier und begann zu schreiben. Es war das erste Mal, dass ich etwas schrieb, das nicht für die Schule war. Ich schrieb über dich, über unseren Sommer, über das belauschte Gespräch der Eltern, das leise von der Terrasse klang, dann das Klappern von Geschirr, schrieb über die fallenden Blätter, und wieder über dich. Es war keine Geschichte, es waren Beobachtungen. Doch sie waren angeregt durch dich, und so kann ich sagen, du warst der Ursprung dieser Geschichte in jeder Hinsicht.

Und ahntest du es? Noch nie hatte ich Trauer in deinem Blick gesehen. Wusstest du, unsere herrliche Zeit im Garten würde bald vorbei sein? Vorbei nicht nur für dieses Jahr?

Eigentlich war kein Stubenkatzenwetter mehr, an jenem Abend im Oktober, an dem du dich wieder einmal nicht rührtest, als ich dich ins Haus rief. Feuchtkalter Nebel hing in den Zweigen, nur dein Kratzen an der Terrassentür hatte mich erweicht, dich in den Garten zu lassen. Seufzend holte ich deinen Napf und klopfte damit auf den Boden. Doch du kamst nicht unter einem Baum hervor geschossen, und wir fanden dich nicht auf einem Ast sitzend. Wir suchten dich auf der Straße, klingelten bei den Nachbarn. Sie ließen uns ihre Gärten durchforsten.

Nasse Finsternis brach herein, die Nacht, aus der du nicht heimkehrtest. Schlaflos, endlos für uns alle. Ihr folgte der Morgen, an dem mein Vater ans

Telefon gerufen wurde. Es war ein kurzes Gespräch, nach dem er sagte:

„Wenn du Cäsar noch einmal sehen willst, musst du jetzt mitkommen."

Steif vor Angst setzte ich mich neben ihn ins Auto. Nie werde ich erfahren, was dich dazu brachte, deine Welt zu verlassen, diese sichere kleine Welt unseres Gartens und unserer Nachbarschaft. Wir holten dich bei den Leuten ab, die dich gefunden und an deinem Halsband unsere Telefonnummer entdeckt hatten. Dann hielten wir vor dem Haus des Tierarztes. Deine großen, angstvollen Augen wussten alles.

Deine Verletzungen ließen uns und ließen dir keine Wahl. In deinem Revier wurdest du begraben. Im Garten, unter den Rosensträuchern. Vater tat es, ich konnte es nicht.

Nach unserer Zeit

Viele Jahre sind seitdem vergangen, die vieles verändert haben; Zeiten der Liebe und viele Abschiedsmomente. Doch das Bild von dir habe ich mitgenommen, in jede Wohnung und nun ins fremde Land und dann nach Berlin. Es hängt in meinem Arbeitszimmer auf dem Bauernhof. Deine Augen blicken hinaus auf die Wiese und zu den Bergen, an deren Fuß der Hof liegt.

Seit ein paar Wochen besucht mich an manchem Abend eine kleine, rot gestreifte Katze. Sie sitzt vor der Haustür und kommt mit mir, wenn ich sie mit Resten füttere, dann verschwindet sie und geht ihrer geheimnisvollen Wege.

Es war gestern Nacht, da hörte ich ein Geräusch auf dem Holzboden des Schlafzimmers, dessen Fenster stets offen ist. Wenig später ein kleines Gewicht auf meiner Bettdecke. Ein leises Brummen, das stärker und stärker wurde. Und eine raue, nasse Zunge an meinem Hals.

Lebens wert

Jo Holzhauser

Gott ist im Stein
Im Stein ist Gott   vielleicht

Gott schläft in der Pflanze
In der Pflanze schläft er   womöglich

Gott träumt im Tier
Im Tier träumt er   bestimmt

Erwacht im Menschen
Im Menschen wer erwacht   um Gottes Willen

Im Stein ist Ruh
Ruh ist im Stein

Schlaf hat die Pflanz'
Das darf die Pflanz'

Der Traum im Tier
er macht nicht Halt   am End der Nacht

Der Mensch erwacht
Haut auf den Stein   von allem was

Der Mensch er haut   den Halm
zermahlt das Korn   zu Brot

Der Mensch er schlägt

das Ei auf heißen   Stein
Der Mensch er spießt
das Fleisch   und isst

109

Das Ei, das Fleisch
der Mensch, er misst   und zählt

Was zählt ist Ei
was nicht zählt   stirbt

Die Henn sie legt
allein fürs Ei   lebt sie

300 Mal im Jahr   legt sie
im dritten Jahr   ist Schluss

Der Hahn ist raus
es zählt der Mensch   das Ei

Was nicht zählt   ab ins
Gas
und in den
          Schredder
Millionen Mal im Jahr
bei uns und auf den   Tisch

kommt nur das Ei
Der Hahn als Küken   unterm Strich
lebt keinen Tag

Ist Gast   auf Erden
nur für kurz   dann ab ins Gas
den kurzen Gast   nur schnell
Frohe   Ostern

110

Flausch der Fakten: 48 Millionen männliche Küken wurden in Deutschland im Jahr 2015 gleich
nach dem Schlüpfen vergast oder geschreddert.
Jedes hat einen Wert von 2 Cent. Die weiblichen
Küken werden für 45 Cent verkauft. Als Hennen
leben sie 36 Monate und legen in dieser Zeit über
900 Eier. – Quelle: Süddeutsche Zeitung vom 22.
März 2016, Seite 3.

Durchbeißen

Robert Huber

„Tessa, warum gähst'n heid in de Wiesn? Is dir dei Zeidung z' gloa? Kumm raus do: ja Marsch! Guad, dann gibt's heud a Leckerl. Du muasst schoo wos ganz bsonders riacha, weils d' schdatt zu mir ins Gebüsch rennst. Meinedwegn, dann hatsch i dir noch.

An dem Gwachsverhau merkt jeder, dass Pleitegeier über der Schdodt kreisen. Aber hoit! Do sitzt ja a gloaner Hund. Auf sein Buggl is a Briafumschlog bunden. I dua 'n runter und schaug nei. Bloß a Bladdl is drin, auf dem schdähd:

»Lieber findiger Mensch, ich hoffe, keinen Zeitungsartikel mit der Überschrift „Hund ausgesetzt" entstehen zu lassen. Mein Fall liegt nämlich ganz anders: Ich habe die drohende Vermenschung gespürt, mich immer unwohler, weil hundloser, gefühlt. Meine Besitzer haben das bald richtig erkannt, mich schweren Herzens hier hergebracht und an diesen Baum gebunden. Ich solle, meinten sie, den Strick zur endgültigen Freiheit durchbeißen. Das muss meine nächste Handlung sein. Ich werde ein Hundeleben beginnen. Dieses ist gewiss viel besser, als ihr

Menschen es immer schildert. Bald wird mich mein Ruf als verwahrloster Streuner glücklich machen. Nimm diesen Brief zu Dir als Lehrblatt.«

Naja, dann schdeck i 'n ei. Er huift mir gwies vui, weil i merk, Tessa, du wuist aa dobleim."

Der glücklichste Mensch

Christine Inneberger

Als kleines Mädchen wuchs ich mit meiner jüngeren Schwester in einem kleinen Dorf, das nicht einmal 500 Einwohner hatte, auf. Unser Haus lag ziemlich nah am Waldrand. Wenn ich in den Garten ging, dann konnte ich die Tiere beobachten, die dort im Wald oder auf der Wiese lebten. Es war nie langweilig.

Die Mäusebussarde, die ihre Kreise flogen und Ausschau nach Beute hielten.

Die Füchse, die sich manchmal an unseren Hühnern vergriffen.

Die Maulwürfe, die ihre Erdhügel nach oben beförderten.

Besonders auf die Störche habe ich jedes Jahr sehnsüchtig gewartet. Solange ich mich erinnern kann, waren sie jedes Jahr da. Das große Nest bauten sie immer beim Nachbarn auf dem alten Kamin. Nach einigen Wochen hatte die Storchenfamilie Nachwuchs. Dann ging das Geklappere los. Es war nicht laut, aber man konnte es deutlich hören. Jeden Tag nach der Schule ging ich in den Garten, um die Störche zu beobachten. Ich konnte auf der Wiese vor dem Wald erkennen, wie Papastorch und Mamastorch die Frösche aus dem feuchten Gras heraus pieksten.

Aber die schönsten Tiere waren für mich immer die Rehe. Die waren so lautlos und geheimnisvoll. Sie kamen immer in der Dämmerung aus dem Wald heraus, meistens in Gruppen von drei bis fünf Tieren. Sie schauten lange in eine Richtung und bedienten sich von dem grünen Gras, das dort ganz üppig wuchs. Das leiseste Geräusch hat sie immer in die Flucht getrieben.

„Wenn ich einen von euch mal streicheln könnte!", schoss es mir manchmal durch den Kopf. Ich beschloss, mir ein paar Vorräte zu organisieren. Zum Beispiel wusste ich, dass Damwild gerne Maiskolben vertilgt. Also wartete ich auf den Spätsommer. Der Bauer erntete seine Felder. Es lagen viele Maiskolben auf dem Acker herum, die keinen Menschen interessierten, nur mich! Meine Nachmittage verbrachte ich mit einem Eimer dort und sammelte das Liegengebliebene auf. Auch Karotten und Äpfel hatte ich in unserem Garten gesammelt. Diese Vorräte legte ich sorgfältig zu einem Haufen im Garten zusammen. Natürlich haben die Igel auch einiges davon gehabt. Sie sammelten fleißig Vorräte für den Winter, und dieser

Berg war für sie ein Paradies. Was ich gesammelt hatte, habe ich immer wieder mit Folie zugedeckt.

Die nächste Zeit beobachtete ich die Rehe. Sie kamen aus dem Wald und schauten nach etwas Essbarem.

Nun kam langsam meine Sache ins Rollen. Tag für Tag beobachtete ich. Die Tiere hatten an Vertrauen gewonnen und sahen mich als selbstverständlich an. Ein wohltuendes Gefühl überkam mich jedes Mal. Diese friedvolle Stille und das geheimnisvolle Schauen der Tiere haben mich jedes Mal neu fasziniert. Ich traute mich immer näher an die Tiere heran.

Eines Tages war es dann soweit: Ich legte ein Stück Apfel in meine Hand, die ich ganz flach ausstreckte. Ich reichte diese mit dem Apfel zu einem der Tiere und sieh da: es klappte. Das Reh holte sich aus meiner Hand den Apfel und verschlang ihn, ohne zu zögern. Ich war so glücklich! Diese Nähe zu spüren, war unbegreiflich. Diese Augen aus der Nähe zu sehen, war unfassbar. Man konnte in ihnen nicht lesen, was dieses Tier gerade denkt oder fühlt, aber die Situation war in diesem Augenblick in Ordnung. Das sagte mein Gefühl ganz laut und deutlich. Mein Herz schlug in diesem Moment rasend schnell.

Ich versuchte es noch ein paar Mal. Jedes Mal hatte ich Erfolg. „Unglaublich!", sprach ich mit mir selbst. So vergingen Wochen, meine Vorräte gingen langsam zur Neige. Ab da ging ich nicht mehr so oft an den Waldrand, doch ich empfand Sehnsucht nach den Tieren. Die Tage wurden kürzer. Meine Eltern hatten mir jetzt verboten, zum Waldrand zu gehen, aber ich dachte jeden Tag an die Rehe. Eines Tages war das Wetter ziemlich gut gelaunt. Es war sonnig und sehr mild. In der Schule beschloss ich schon, einen Ausflug zu machen. War ja klar, wo dieser hingehen sollte. Kaum zuhause angekommen, war ich schon wieder weg. Hatte mir drei Äpfel stibitzt und diese in den Hosentaschen versteckt. Zu meiner Erleichterung waren meine Eltern nicht da. Ich machte mich auf den Weg. Eine ganze Herde von Rehen hatte mich erwartet. Natürlich gab es gleich das Mitgebrachte zum Futtern. Ich streichelte nacheinander die Tiere, erzählte ihnen alles, was passiert war und vergaß völlig die Zeit. Plötzlich fiel mir auf, dass es schon sehr dunkel war. Voller Schrecken verabschiedete ich mich von meinen Lieblingen. Diese schauten, als wollten sie etwas sagen. Dann brach ich auf. Ohne mich umzusehen, ging ich nach Hause. In meinen Gedanken versunken, schreckte ich plötzlich auf. Was sah ich da? Was war denn das?

Unglaublich! Ein Reh folgte mir, als ob es auf mich aufpassen wollte. Es begleitete mich den ganzen Weg nach Hause. Ein paar Schritte vor unserem Gartentor blieb es stehen. Ich schaute zu ihm und umarmte es vorsichtig. Es hat das über sich ergehen lassen. Als Nächstes drehte es sich in Richtung Wald um und sprang davon.

Ich war in diesem Moment der glücklichste Mensch der Welt.

schlittenhunderennen in inzell

Meike K.-Fehrmann

eisblau glänzend ihre augen
die körper aufbäumend
an viel zu kurzen leinen
vorfreude erregung
von schneeflocken feuchtes fell
dampfend in den zarten sonnenstrahlen
des kalten morgens
die sich nur mühsam durch das grau
ihren weg bahnen

weiße atemwolken
vereinzelt heulend
bellend
botschaften, die nur sie verstehen

das leittier an der startlinie innehaltend
gespannt bis zum äußersten
hechelnd
der blick konzentriert nach vorne gerichtet
die tiere in den hinteren reihen nervös tobend
kläffend

5 – 4 – 3 – 2 – 1 – los!

mit geballter kraft lospreschend
wirbelt schnee zu ihren seiten
umgibt sie mit einer eisigen wolke
ihr mensch auf dem schlitten rufend
sie anfeuernd
die menge hinter der absperrung tobend
schreie vom wind davon getragen

unbeirrt an ihnen vorbei ziehend
nur noch den klaren weg vor augen
gebündelte energie

fast lautlos über den festen schnee jagend
sanftes auftreten trotz dieser kräfte
über die bahn schwebend
geschmeidig kraftvoll erhaben
verlieren sie sich in der eisigen weite

Silberfeder

Meike K.-Fehrmann

Silberfeder wohnte bei einem kleinen Mädchen, das Marie hieß. Wenn Marie Besuch bekam, sagte sie oft stolz: „Seht nur, das ist Silberfeder, meine Brieftaube!"

Aber sie wusste selbst, dass es nicht stimmte. Einen Hund konnte man besitzen, vielleicht auch eine Katze, aber keine Taube und schon gar nicht Silberfeder. Natürlich war sie inzwischen recht zutraulich, manchmal sogar zärtlich, aber in ihrem Innersten zog es sie doch immer wieder hinaus an den blauen Himmel am Tage oder zu den Sternen in der Nacht. Weil Marie das wusste, schloss sie Silberfeder nie ein, denn sie wollte die Taube nicht kränken oder gar quälen. Immer ließ sie darum ein Fenster oder die Balkontür einen Spalt offen. Sie vertraute darauf, dass die Taube ihren Weg nach Hause fand und tat alles dafür, damit sich Silberfeder wohlfühlte.

Die anderen Kinder im Kindergarten hatten Meerschweinchen oder Kaninchen, die sie in Käfige einsperrten. Aber das kam für Silberfeder nicht in Frage. Man könnte sagen, Marie und die Taube lebten wie Freunde unter einem Dach. Oben Silberfeder und unten das kleine Mädchen.

Eines Abends sprach Marie zu Silberfeder: „Meine Schöne, wenn ich nur ein einziges Mal mit dir in den Himmel fliegen könnte, die Wälder, Wiesen und Seen von oben sehen, das würde mich sehr glücklich machen."

Die Taube gurrte, wie es ihre Art war, schaute das Mädchen mitleidig an, denn sie hatte sich schon oft gefragt, wie es die Menschen nur aushalten konnten, Tag für Tag immer nur auf ihren Füßen zu stehen und die Welt niemals von oben zu sehen.

Natürlich wusste Marie, wie die Welt von oben aussah, denn sie hatte Fernsehen, war schon einmal mit dem Flugzeug nach Mallorca geflogen und hatte einen Bildband über den Weg der Zugvögel zum Geburtstag bekommen. Aber sie wusste nicht, wie sich der Wind in den Haaren anfühlte, weit oben am Himmel, das Gefühl von Freiheit, wenn die Fesseln der Schwerkraft für einen Moment an Bedeutung verloren, die Kälte der Mondscheinnacht auf der Haut brannte, nichts um sie herum als nur Luft.

Silberfeder bedauerte ihre kleine Freundin. Und da beschloss sie etwas zu tun, was nur ganz wenige

Brieftauben je getan haben. Silberfeder blinzelte Marie dreimal zu, flog auf ihren Kopf und schiss ihr ordentlich auf das Haar! Noch bevor sich das Mädchen beschweren konnte, begann sie sich zu drehen, immer schneller und schneller, schrumpfte und schrumpfte und mit einem kleinen `Pling´ saß sie plötzlich winzig wie eine Mensch-Ärgere-Dich-Nicht-Figur in ihrem riesigen Sessel. Die Taube kam ihr hingegen ungeheuer groß vor und sie fürchtete sich ein wenig.

Aber Silberfeder stupste sie sanft an, gurrte noch einmal aufmunternd und streckte ihr Bein aus. Marie schlüpfte in den schmalen Briefbehälter hinein, mit dem die Taube sonst Nachrichten beförderte, so dass nur noch der winzige Kopf des Mädchens oben heraus guckte. Silberfeder breitete die Flügel aus, und ab ging es zum Fenster hinaus.

Dem Mädchen wurde ganz übel, und sie bekam fürchterliche Angst. Gerne hätte sie um Hilfe gerufen, aber ihre Stimme war so leise und piepsig, dass niemand sie gehört hätte.

Die Abendsonne glühte rot am Himmel und Silberfeder stieg höher und höher. Mit zarten Flügelschlägen, um ihre Freundin nicht unnötig zu erschrecken, glitt sie durch die kühle Luft. Marie wagte kaum zu blinzeln, als sie ihr eigenes Haus von oben sah. Es wurde immer kleiner und kleiner, bis sie es kaum mehr erkennen konnte.

Aber da war ja auch der große Wald! Die dunklen Fichten wiegten sich sanft im Wind. Ein bisschen gespenstisch vielleicht, dachte das Mädchen, aber bei Silberfeder fühlte sie sich nun ganz sicher. Ihre gefiederte Freundin würde auf sie achtgeben, so wie sie immer auf die Taube aufgepasst hatte. Und als sie schließlich über die Stadt segelten und sie den Kirchturm von oben sah, musste Marie laut lachen. Sie lachte über die winzigen Autos und Häuser, die stecknadelgroßen Bäume und darüber, dass sie so ein großes Glück hatte, eine Freundin wie Silberfeder zu haben.

Die Stadt war in warme Orange- und Rottöne gekleidet, die Berge am Horizont glänzten majestätisch, und plötzlich wurde es Marie ganz leicht ums Herz. Ihre Gedanken wurden vom Wind davongetragen, die kleinen Streitereien im Kindergarten, der Ärger mit ihrem kleinen Bruder und die Angst davor, im Dunkeln alleine einschlafen zu müssen. Die Weite des Himmels war nun auch ihr Zuhause, das sie aufnahm und trug.

Schließlich wurde es ganz und gar dunkel. Die ersten Sterne leuchteten am Himmel, der Mond schaute blass hinter einer Wolke hervor. Silberfeder aber kannte ihren Weg trotz der Dunkelheit genau. Sie trug Marie sicher wieder nach Hause, durch das Fenster bis in ihr Bett, und das kleine Mädchen schlief augenblicklich ein, so erschöpft war sie von ihrem abendlichen Ausflug.

In dieser Nacht träumte Marie von Silberfeder, vom Mond und den Sternen. Am nächsten Morgen wachte sie schon früh vollkommen ausgeruht und glücklich auf. Sie lag in ihrem warmen Bett, nun wieder in voller Größe von einem Meter und fünf, und lauschte auf das leise Gurren im Dachstuhl.

„War das ein schöner Traum", sagte sie zu sich selbst und gähnte ausgiebig. „Ich wünschte, ich könnte fliegen." Dann fuhr sie sich gähnend durch das Haar. „Igitt! Was ist denn das?" Verwundert starrte sie auf den Taubenmist auf ihrer Hand und auf ihrem Kopfkissen. „Silberfeder", kicherte sie und schüttelte belustigt den Kopf.

Also nimm dich in Acht, wenn dir eine Brieftaube dreimal zublinzelt, sich auf deinen Kopf setzt und einen ordentlichen Klecks hinterlässt. Denn dann nimmt sie dich vielleicht mit auf eine abenteuerliche Reise durch den Abendhimmel.

Dreimal im Zoo von Wladiwostok

Monika Klinkenberg-Weigel

Im Zoo von Wladiwostok lebte recht behaglich ein stolzer Tiger. Da wurde ihm eines Tages eine Ziege zum Fraß vorgeworfen.

Die völlig verwirrte Ziege drängte sich schutzsuchend an einen großen Stein am Rande des Geheges. Als sie die gewaltige Katze auf sich zuschreiten sah, schlotterte sie vor Angst. Dem Tiger blitzte schon die Mordlust aus den Augen, und er leckte sich genüsslich das Maul. Die arme Ziege machte sich immer kleiner, krümmte den Rücken. Wie versteinert, mit weit aufgerissenen Augen blökte sie heiser der Katze entgegen:

„Oh großer Tiger, verschone mich! Sieh nur, wie mager ich bin, kein Grämmchen Fett an mir. Mein raues Fell, die splitterigen Knochen werden dir gar nicht munden."

Während sie so angstvoll meckerte, stakste sie auf unsicheren Hufen rückwärts, stolperte bald über ein Rattenloch im Boden und kam zu Fall. Mit gekreuzten Beinen und verdrehtem Hals lag sie nun bibbernd dem Tiger zu Füßen. Der erhob nur seine Pranke, spreizte die scharfen Krallen und versetzte ihr die todbringenden Hiebe und Bisse. Noch drei Tage fraß er von ihrem feisten Leib.

So ergeht es den Furchtsamen, die durch ungeschicktes Verhalten die niederen Instinkte des mächtigen Feindes wecken.

Im Zoo von Wladiwostok lebte recht behaglich ein stolzer Tiger. Da wurde ihm eines Tages eine Ziege zum Fraß vorgeworfen.

Die orientierungslose Ziege sah sich erstmal in dem weitläufigen Gehege um. Aha, ein tapsiger Tiger kam ihr entgegen. Dem würde es sie schon zeigen! Sie nahm allen Mut zusammen und galoppierte auf die große Katze zu, dass die Erdklumpen nur so von ihren Hufen spritzten. Als sie vor ihm stoppte, senkte sie sofort den Kopf und wollte den Tiger mit den Hörnern traktieren. Der wich geschmeidig aus, die Stöße gingen ins Leere.

„Ha, dich schlurfenden Fellbrocken kriege ich schon klein. Pass nur auf!", rief die Ziege. Sie erhob sich auf die Hinterbeine und versuchte, ihn mit ihren Hufen zu treten. Der Tiger bog nur ein wenig den Kopf zur Seite und grinste höhnisch. Er erhob die Pranke und brüllte mit weit aufgerissenem Maul. Als die Ziege seine riesigen Zähne sah, machte sie vor Schreck auf allen Vieren einen Hopser in die Luft und galoppierte, so schnell sie nur konnte, in Richtung Gitter. Abrupt musste sie ihren Lauf bremsen, denn vor sich sah sie einen Abgrund. Hinter sich spürte sie schon den dumpfen Atem des Tigers. Sie sprang todesmutig in die Tiefe. Da lag sie nun kläglich meckernd mit gebrochenen Gliedern am Gitter des Geheges. Der Tiger blickte von seiner Höhe herab verächtlich auf sie nieder.

So ergeht es den Waghalsigen, die ihre Fähigkeiten überschätzen und den mächtigen Feind unbedacht angreifen.

Im Zoo von Wladiwostok lebte recht behaglich ein stolzer Tiger. Da wurde ihm eines Tages eine Ziege zum Fraß vorgeworfen.

Die Ziege beobachtete erstmal die fremde Umgebung, in die sie so jäh geworfen wurde. Oha! Ein Tiger kam angetappt, lüstern grinsend. Die Ziege nahm ihren ganzen Mut zusammen und trat ihm vorsichtig entgegen.

„Guten Morgen, großer Tiger, du hast ein schönes Gehege hier. Aber leider bist du rings von Gittern umgeben. Wie schade, denn draußen ist die Freiheit, ist die schöne bunte Welt mit Blumen, Bäumen, großen und ganz kleinen Tieren, mit schick angezogenen Menschen und großen Häusern. Diese Welt jenseits der hohen Gitter ist eben abenteuerlich."

Puh, die Ziege hatte beherzt drauflos geredet. Der Tiger blieb stehen und sah sie verdutzt an:

„Das ist ja interessant. Das wusste ich gar nicht. Ich habe doch mein ganzes Leben hier in der Umzäunung zugebracht. Erzähl mir mehr!"

Und die Ziege erzählte ihm von schnittigen Autos und breiten Straßen, von glühend heißen Wüsten, vom Tanzen, von Flugzeugen, die die Ozeane überfliegen, von Hochhäusern, vom Singen und Musizieren, von weißen Schiffen und von kleinen glucksenden Bächen mit Fröschen am Ufer. Der Tiger hatte seinen Appetit vergessen und hörte der Ziege aufmerksam zu. Machte sie eine Pause, forderte er sie auf, weiter zu erzählen. Endlich sagte die Ziege:

„Schau, es dämmert. Lasst uns nun zur Ruhe gehen. Morgen erzähle ich dir mehr."

Der Tiger trottete in seine Behausung. Die Ziege suchte Schutz im dichten Gesträuch. Am nächsten Morgen kam der Tiger der Ziege freundlich entgegen und fragte sie sogleich nach der großen weiten Welt aus. Und die Ziege erzählte und erzählte. Vieles davon war nicht ganz wahr. Das merkte der Tiger aber nicht, und er lauschte ihr stets sehr aufmerksam und erfreut. So entwickelten sich nach und nach Vertrauen und eine Freundschaft zwischen den beiden Tieren.

So ergeht es den Schlauen, die sich dem mächtigen Feind stellen und seine Sehnsüchte geschickt ausnutzen.

Das schwarze Schäfchen

Irmelind Klüglein

Zuzeiten, da es nur weiße Schafe auf der Erde gab, wurde einmal ein schwarzes Schäfchen geboren. Alle jungen und alten Schafe liefen zusammen und staunten sehr. Ein altes Mutterschaf drängte sich hervor und sprach zu der Mutter des schwarzen Schäfchens: „Was ist das für ein seltsames Ding, so etwas hat es ja noch nie gegeben. Das passt nicht zu uns. Wir müssen uns schämen. Am besten, du verlässt mit deinem Kind die Herde", Die Mutter des schwarzen Schäfchens erwiderte: „Aber es ist doch mein Kind, und ich gehöre zu der Herde. Deshalb werden wir hier bleiben". Sie leckte ihr schwarzes feuchtes Schafskind ab, bis es sich aufrichtete und herumsprang wie die anderen Schafskinder.

Aber das schwarze Schäfchen hatte kein schönes Leben. Wenn es mit den anderen spielen wollte, sagten sie: „Geh weg, du bist nicht wie wir, du bist schwarz, und wir sind alle weiß. Sie schubsten es zur Seite und zwickten es, dass es zu seiner Mutter lief und weinte: „Die anderen lassen mich nicht mitspielen". - „Sei nicht traurig, sie werden sich an dich gewöhnen. Du bist mein liebes Kind", tröstete die Mutter und leckte es über die kleine Schnauze. „Ich bin doch genau wie die anderen, nur ist mein Fell schwarz“, sagte das Schäfchen. „Ja, du bist wie die anderen, das werden sie schon noch begreifen“, meinte die Mutter.

Als der Sommer kam, zog die Schafsherde hinauf in die Berge auf die weiten Almwiesen. Dort wuchsen herrlich duftende Kräuter und Blumen, die schmeckten köstlich. Wenn das schwarze Schäfchen besonders fette Gräser fand, so drängten es die anderen zur Seite und sagten: „Weg hier, wir dürfen zuerst fressen, denn wir sind weiß, du bist schwarz, schwarz wie die Nacht, schwarz wie der Teufel, du hast hier nichts zu suchen“.

Das Schäfchen weinte, es war traurig, weil ihre Brüder und Schwestern so böse mit ihm waren. Nur seine Mutter tröstete es immer und sagte: „Du bist mein liebes Kind“.

Einmal, mitten im Sommer, setzte schlechtes Wetter ein. Erst blies ein eiskalter Wind, dicke schwarze Wolken zogen über die Berggipfel herein, und es begann wie wild zu schneien. Die Schafe blökten alle durcheinander. Dann begann ein Schaf den Berg hinauf zu rennen, und alle galoppierten hinterher, höher und höher, steiler und steiler. Der Sturm brauste schärfer über die Schafe hinweg. Als der Schnee so hoch lag, dass sie nicht mehr weiter steigen konnten, fielen sie alle erschöpft nieder.

Die jungen Schäfchen durften in die Mitte kriechen, damit sie es wärmer hatten, nur das schwarze Schäfchen musste an den Rand hinaus und fror mehr als die anderen. Sie rückten ganz eng zusammen und warteten. Der Schnee bedeckte mehr und mehr ihr weißes Fell.

„Wenn uns keiner findet, müssen sterben. Ich friere fürchterlich", sagte ein sehr altes Schaf. „Mir ist es auch kalt", sagte ein anderes. „Vielleicht findet uns morgen früh der Schäfer", meinte das nächste. „Rückt noch mehr zusammen", sagte ein viertes, und so schliefen sie ein.

Am nächsten Morgen hatte der Schneefall aufgehört, aber die Schafe kauerten noch beieinander und wagten sich nicht zu bewegen, weil überall Schnee lag. Nur das schwarze Schäfchen sah an sich herab und sagte zu seiner Mutter, die neben ihm lag: „Mama, ich bin weiß geworden". Vor lauter Freude richtete es sich auf und sah auf sein weißes Fell, das voller Schnee war. „Ich bin weiß, ich bin weiß!" rief es und machte einige Sprünge. Doch da fiel der Schnee von ihm ab: Das schwarze Fell kam wieder zum Vorschein.

Zur gleichen Zeit war der alte Schäfer unterwegs, um seine Herde zu suchen. Er war schon vor Sonnenaufgang losgegangen und über die Berghänge gestiegen. „Ich muss meine Schafe finden, sonst sind sie verloren", brummte er und sah durch sein Fernglas hoch zu den schneebedeckten Almen. Überall war es weiß, überall Schnee. Endlich entdeckte er in einem Steilhang unter einem Felsen einen kleinen schwarzen Punkt, der sich zu bewegen schien. Rasch machte er sich auf den Weg. Als er näher kam, erkannte er das schwarze Schäfchen und fand seine ganze Herde.

„Da habt ihr aber Glück gehabt. Ohne den schwarzen Punkt hätte ich euch in den schneebedeckten Höhen nicht gefunden", sagte er. Dann streichelte er dem schwarzen Schäfchen über den Rücken und steckte ihm eine kleine Rübe zu.

Erleichtert führte er alle Schafe über die Steilhänge hinab, wo die Sonne begann, den Schnee von den Wiesen zu lecken, und wo es überall wieder grün schimmerte. Eifrig machten sich die Schafe über die Gräser her, und der Schäfer war sehr zufrieden.

Das älteste Schaf aber sprach: „Das schwarze Schäfchen hat uns das Leben gerettet. Ohne sein schwarzes Fell hätte uns der Schäfer nicht gefunden. Ich denke, es ist Zeit, dass wir es in unserer

Herde aufnehmen sollten". „Ja, das wollen wir tun", blökten alle und umringten ihren kleinen Lebensretter.

Von diesem Tag an hatte das schwarze Schäfchen ein schönes Leben. Alle wollten mit ihm herum springen und spielen, denn es war jetzt zu etwas ganz Besonderem geworden.

Der faule Frosch

Irmelind Klüglein

Im feuchten, grünen Gras
sitzt ein Frosch mit dicker Nas'
und einem großen Maul,
der ist gar schrecklich faul.

Neben ihm frisst eine Ziege.
Auf ihrer Nas` sitzt eine Fliege,
die ist gar fett, sie brummt und schwirrt.
Der dicke Frosch ist ganz verwirrt.

Er möchte` die Fliege gern verschlingen,
doch ist er viel zu faul zum Springen.
Da nimmt er rasch ein langes Gras,
kitzelt die Ziege an der Nas`.

Die alte Geiß muss heftig nießen,
die Fliege stürzt – schwupp – ihm zu Füßen,
und eh` die Fliege richtig munter,
schnappt sie der Frosch und schluckt sie runter.

Hühnersegen

Irmelind Klüglein

Irgendwo im Menschenland
sitzt, uns völlig unbekannt,
steif und eng wie an der Kette
ein Huhn mit Namen Henriette.

Neben ihr, ganz körpernah,
gackern Ilse und Angela.
An diese wied'rum angedockt,
thront Eva, dann Anna, die da hockt.

Fängt die Anna an zu schwitzen,
kriegt auch die Ilse ihre Hitzen.
Dreht Angela nur leicht den Kopf,
berührt sie schon Henriettes Schopf.

So schauen alle starr nach vorn
und fressen stumpfsinnig ihr Korn,
glotzen vor sich auf den Kasten,
in welchem andere gackernd rasten.

Sie sitzen eng, Tag aus, Tag ein,
wissen nichts vom Sonnenschein,
wissen nichts vom Himmelszelt,
denken halt, so ist die Welt.

Fressen, Gackern, Eierlegen.
Ach, was ist das für ein Segen,
wenn alle tun, was alle tun,
egal, ob Menschen oder Huhn.

Wie ertragreich ist die Welt,
für den, der solche Hühner hält.

Pecorinos Augenblicke

Armena Kühne

Ich liebe Italien, mein Geburtsland. Hier konnte ich im Sand buddeln, im Meer planschen, nach Herzenslust mit meinen Freunden herumtollen. Wir waren frei! Clochards der Straße. Es gab Leute, die uns mit Steinen bewarfen, die uns aus den Gassen vertrieben. Na ja, es gab auch welche, die uns mitleidig ansahen. Uns ein Stück Fleisch, Wurst oder trockenes Weißbrot zuwarfen. Ricardo war solch ein Mensch. Während ich sonst mit den Spenden sofort das Weite suchte, blieb ich bei ihm sitzen und verschlang die Wurst. Er zwinkerte mir zu; und ich zwinkerte zurück. Es war Liebe auf den ersten Blick.

Ich bin keine Schönheit. Mein weißes, struppiges Fell, der schwarze Fleck unter dem rechten Auge, der es aussehen lässt, als hätte Klitschko seine Faust darauf niedergelassen, meine Schlappohren, die viel zu groß geraten waren, alles das gefiel Ricardo. Er nannte mich Pecorino und sagte: „Du siehst aus wie Schafskäse mit Pesto." Dabei grinste er von einem Ohr zum anderen. Mir war dieser Vergleich egal. Ich mochte Schafe. Meine Freunde und ich jagten sie, und wenn sich Gelegenheit bot, zwickten wir sie in die Hinterläufe. Für mich klang

Pecorino so schön wie die Musik von Antonio, der am Palazzo del Campo auf der Gitarre spielte und dem ich stundenlang zuhören konnte. Manchmal wurde der Drang mitzusingen so übermächtig, dass ich meine Schnauze zu einem 0 formte und mitsang. Das Gelächter der Zuhörer gefiel uns beiden und im Hut sammelten sich viele Münzen.

Das war vor drei Jahren, als ich Ricardo traf. Eines Tages hat er mich einfach mitgenommen. Seitdem reise ich mit ihm durch die Welt. Er schleppt immer ein schwarzes Gerät samt Gestänge mit sich herum und nennt es Kamera. Einmal lief ich ihm versehentlich vor die Linse. Er war von dem Foto so begeistert, dass ich jetzt immer mit auf's Bild muss; das ist sein Markenzeichen als Fotograf geworden. Wenn er Fotoshootings mit seiner Freundin veranstaltet, bin ich allerdings wenig begeistert von ihr als Motiv. Nur nackte Haut, kein Fell und vor allem: nur zwei Beine. Aber ihre Hände! Sie konnte mich am Ohr kraulen, dass mir ganz seltsam zumute wurde. An manchen Tagen roch sie so gut, dass ich das Gefühl hatte, mit ihr Liebe machen zu müssen. Ein Versuch brachte mir einen derben Schlag aufs Hinterteil ein. Es blieb der einzige.

Die Stadt, in der ich das Licht der Welt erblickte, war Neapel. Seine Gassen, die Menschen, seine

Geräusche und Gerüche waren mir vertraut. Eines Tages waren wir dort, und Ricardo fotografierte eine Hochzeitsgesellschaft, als ein betörender Duft meine Nase erreichte. Mir blieb der Atem weg. Ich sah sie: schlank, schwarzes Fell und vier Beine. Sie lockte mit anmutigen Bewegungen und einem Blick, der das Paradies versprach. Ich sah zu Ricardo hinüber. Ein kurzes Zögern – und ich folgte ihren Verheißungen, kam dem Trieb nach, endlich etwas zur Erhaltung meiner Gattung beizutragen. Dieses Wesen, dessen langes, gepflegtes Fell in der Sonne glänzte, war ein Traum. Ich hatte die schönsten Stunden meines Lebens mit ihr.

Die Sonne warf lange Schatten, als ich erschöpft und glücklich vor der Kirche stand. Der Platz war leer. Ratlos sah ich mich um, versuchte, Ricardos Spur auf dem Pflaster aufzunehmen. Ich rannte durch die Straßen. Einmal bekam ich einen Fußtritt und wich in eine Seitengasse aus.

Warum hatte er nicht auf mich gewartet? Ich blieb stehen, jaulte in das schmale Stück Himmel, das die Gasse freigab. Über mir öffnete sich ein Fenster. Ein undefinierbarer Gegenstand traf mich. Ich war nicht mehr Pecorino, nur ein herrenloser Straßenköter. Ein Clochard. Die ganze Nacht suchte ich Ricardo. Im Morgengrauen kehrte ich todmüde zum Ausgangspunkt zurück, dem Platz vor der Kirche.

Der Hafen fiel mir ein. Ricardo liebte die Morgenstunden am Meer. Das Licht vor der aufgehenden Sonne einfangen, hatte er mir einmal gesagt. Während er fotografierte, rannte ich mit den Wellen um die Wette, biss in die Schaumkronen und tobte herum, bis Ricardo mich rief.

Am Hafen herrschte reges Treiben. Ricardo war nirgends zu sehen und meine Hoffnung, ihn je wiederzufinden, sank dahin. Ich saß auf einem Platz, von dem aus ich einen Teil der Anlage überblicken konnte, aber was nützte das?

Ich hörte meinen Namen rufen. Pecorino! Ricardo? Pecorino! Ricardo!

Zwei Namen, die unzertrennlich sind wie der Wind und das Meer. Ich sauste die Stufen hinunter, stolperte, landete auf dem Hintern, und dann stand er vor mir. Ich roch Schweiß und Tabak, für mich die schönsten Düfte der Welt. Vollführte Luftsprünge, bellte und jaulte und winselte gleichzeitig.

Den ganzen Tag liefen wir durch Neapel. Meine Fußballen brannten. Ich war hundemüde. Sehr spät fuhren wir mit der Fähre nach Capri und hinauf zum Monte Solaro. Ricardo suchte sich einen Liegeplatz und legte endlich die Kamera zur Seite.

Ich sprang auf einen Felsen. Der Wind ließ meine Ohren flattern. Unter mir das kobaltblaue Wasser, weiß leuchteten darüber die Faraglionifelsen, am Horizont vereinten sich Himmel und Meer. Ich war wieder Pecorino, ein Hund, der einen Ricardo hatte.

Nachdem ich genug gesehen und ausreichend Kühlung aufgenommen hatte, legte ich mich neben ihn, mein Kopf ruhte auf seinem Bauch. Er blinzelte mich an. Ich gähnte und blinzelte zurück. Zufrieden schloss ich die Augen. Gemeinsam hielten wir Siesta.

Es gibt Augenblicke, da stimmt alles. Der sanfte Abendwind, der Geruch des salzigen Meeres und die Liebe zwischen Ricardo und mir.

Pippifax

Petra Ina Lang

In einer kleinen Kiste hockte ein nackiges rosarotes Stückchen Fleisch.

"Es ist ein Vogel", sagte Sandra, meine Freundin, und ich nickte. Ein Dackel war es nicht, das sah ich am Schnabel.

"Es wird ein Kernbeißer", sagte sie und wies mit dem kleinen Finger auf den breiten Schnabel.

„Du musst ihn füttern", gab sie Auskunft. „Alle Stunde, gib ihm Eigelb und Eiweiß, das zerhackst du, so, klitzeklein, dann habe ich hier Eier von Ameisen, die mischst du unter ein bisschen Quark. In einem Monat komme ich wieder." Dann stellte sie einen Käfig vor mich hin, und weg war sie.

Der Vogel war übrigens gar nicht so nackt, hatte schon einigen grauen Flaum angesetzt und schaute ganz vergnügt in die Welt. Ich setzte ihn in den Käfig. Dann rührte ich den Brei für Pippifax. So hatte ich den kleinen Vogel getauft.

Pippifax sperrte den Schnabel auf. Ich versuchte, ihn zu treffen, näherte mich so vorsichtig, wie es nur ging. Sein Rachen war ganz rosa, die Schnabelwülste weiß bis gelblich getönt. Ich zielte, aber der Vogel wackelte. Außerdem waren meine Finger viel zu groß für ihn. Ich kleckerte den kleinen Kerl voll von oben bis unten.

Genial war der Einfall schon. Ich lief ins Bad und fand irgendwo im dunkelsten Eck ein Necessaire mit einer Pinzette. Mit der pickte ich die Ameiseneier auf, tauchte sie in das Quark-Ei-Gemisch, zielte genau und traf exakt in die Mitte des Schnabels. Eine winzige lanzettförmige Zunge schaute heraus, und schon schleckte Pippifax das Essen hinein, schluckte und sperrte schon wieder. Das ging eine Weile so, dann wurde er müde, ich auch, und wir legten uns hin, er auf den Boden des Käfigs, den ich mit Papiertaschentüchern und einer alten, natürlich gewaschenen Socke ausgelegt hatte, ich auf die Couch, die auch mein Bett war.

Nach einer Stunde stand ich auf, setzte mich an meinen Schreibtisch, arbeitete intensiv und viel schneller, als ich es an der Uni getan hätte, denn da gab es tausend Ablenkungen, Bücher über die Argonauten zum Beispiel, die mich jetzt viel mehr interessierten als der bürgerliche Bildungsroman bis zum Biedermeier. Pippifax räkelte sich, ich träufelte ihm ein wenig Wasser in den Schnabel, fütterte ein wenig Ei dazu, und so ging das drei bis vier Tage.

Da sah ich, der Pippifax-Flaum war abgefallen und stattdessen kam etwas zum Vorschein, das man als Gefieder bezeichnen konnte. Pippifax bekam Federn. Rechts, links wuchsen sie aus ihm heraus, legten sich übereinander, und um die Augen und am Kopf veränderte er seine Farbe. Das Köpfchen wurde fast schwarz, während sich die Körperunterseite und die Kopfseiten bräunlichrosa bis rotbraun färbten. Und dann kamen noch weiße äußere Steuerfedern.

Mein Vogel schien ein Fink zu werden, ein Buchfink, auch genannt Fringilla coelebs, der „ledige Fink", weil das Weibchen meist in den Westen weiterfliegt und der Fink daheim bleibt. Pippifax übte schon das Federnspreizen. Bald würde er fliegen. Es wurde Zeit, ihn auf Körner umzustellen. Das ging so: Ich streute ein paar Körner in seinen Käfig. Pippifax schaute mich an, sperrte den Schnabel und pickte zu: Mit geöffnetem Schnabel. „Na, jetzt hilf mir schon", sagten seine Augen, und ich nahm die Pinzette, zeigte sie ihm, machte es vor, pickte hier ein Korn, da ein Korn. Pippifax schaute mich an, öffnete den Schnabel und pickte zu. Ich zeigte es ihm noch einmal, und auf einmal hatte er es verstanden. Von da an konnte ich ihn länger allein lassen. Ich ließ immer den Käfig auf, und er hüpfte ab und zu heraus, setzte sich auf meine Bücher und schaute zu, wie ich las.

Dann, eines Tages, flatterte er los, machte eine Runde und noch eine Runde im Zimmer und landete perfekt auf seinem Käfig. Pippifax konnte fliegen.

Und das war wohl das schönste Erlebnis: Wenn ich schlief, kam er jeden Morgen. Jeden Morgen verließ er um ca. halb sechs seinen Käfig, flog zuerst auf meine Füße oder auf die Bettdecke an die Stelle, wo die Füße sind. Die Leichtigkeit dieses kleinen Vogels zu spüren und zugleich sein Gewicht, war ein ganz wunderbares Gefühl. Und dann das Hüpfen. Er hüpfte drei, vier, fünf Mal, hoch zu meinem Kopf, und dann zupfte er an einem Haar. An einem einzigen Haar. Ich war hellwach. Das ging vielleicht noch eine gute Woche so. Ich brauchte keinen Wecker mehr. Wenn er mir das Haar zupfte, war die Nacht vorbei. Ich machte den Käfig sauber, versorgte ihn, dann mich. Und er flog ein paar Runden im Zimmer und schaute mir beim Arbeiten zu.

Meine Freundin Sandra kam zurück. Sie wohnte wieder in ihrem kleinen Haus, einer Art Garage mit Vorgarten, und ich packte meinen Rucksack voll Bücher und nahm Pippifax mit zu ihr.

Ich erzählte ihr, dass ich den kleinen Kern richtig gern hätte.

„Ich habe mich so gefreut, als er das erste Mal ein Korn aufgepickt hat. Vorher hat er ja nur mit dem Schnabel gesperrt, und ich habe ihn mit Ameisenlarven und gekochtem Ei und Quark gefüttert. Auch Vögel haben Zungen und können gähnen", erklärte ich Sandra. „Und als er dann Federn hatte, habe ich es ihm vorgemacht, mit der Pinzette, wie man pickt. Er schaute mich an, dann die Pinzette, ich pickte, und er machte es nach mit seinem Schnabel. Ab da konnte er selber fressen."

Ich war stolz, und Sandra schaute mich an.

Wir aßen gerade Spaghetti, als Pippifax sich auf den Rand des Tellers setzte. Dann sprang er hinein, mitten in die Tomatensauce. Zum Glück war sie nicht mehr heiß, aber Pippifax flatterte ordentlich in der Brühe.

Sandra rief: „Das geht so nicht, wir müssen ihn auswildern!"

Ich hatte mir überhaupt keine Gedanken gemacht, dass er nicht immer bei mir bleiben konnte oder dass ich ihn Sandra zurückgeben müsste, schließlich hatte sie ihn ja gefunden. Aber auswildern, das kam mir schlichtweg grausam vor.

Ich fragte sie: „Ist er nicht zu jung?"

„Ja, willst du ihn denn behalten? Es ist doch ein Wildtier, und das braucht seine Freiheit!"

Bei dem Wort „Freiheit" knicke ich immer ein, es ist so grandios, dass ich sofort einverstanden war.

„Gut, wildern wir ihn aus!" rief ich und schaute Pippifax an. Der hüpfte auf den Käfig und putzte sich die Tomatensauce aus dem Gefieder. Sandra machte die Haustür auf. Wir wedelten mit den Händen. Er flog zur Gardinenstange. Wir setzten ihm nach, vertrieben ihn aus dem Haus. Nach einer halben Stunde saß er wieder an unserem Tisch. Wir machten Lärm, klatschten in die Hände, zogen unsere Jacken aus, wedelten mit ihren in der Luft. Sandra drehte ihre wie eine Windmühle. Pippifax flatterte los. Wir liefen ihm nach, vor die Tür, in den Vorgarten, bis hinaus auf die Straße, wo er verschwand.

Wir haben im Apfelbaum Kolbenhirse festgebunden, damit er sich dort verköstigen kann. Aber er kam nicht wieder zurück.

Die Abenteuer von Walter und Helius

Ina May

Walter lag, gemütlich vor sich hin schnorchelnd, auf der Seite im warmen Frühlingsgras. Seine kurzen Beine berührten zufrieden das samtene Grün der Wiese. Zum ersten Mal roch er das Leben, roch die Natur um sich her, die vielen Blumen, die Bäume, die Erde und freute sich, dass er dem Käfig und dem Labor entkommen war. Walter war ein kleines rosa Ferkel, und er würde auch nicht mehr größer werden, denn genau darum war es in den Versuchen gegangen – um ein Ferkel, das kein ausgewachsenes Schwein werden darf.

Auf Walters flaumiger rosa Haut döste Helius, eine prächtige rote Waldameise. Helius war nicht unbedingt zum Arbeiten geboren, aus irgendeinem Grund schien er sechs linke Beine zu haben, die sich beim Tragen von schweren Lasten immer ineinander verhedderten. Er hatte es noch nicht einmal in seinem Leben geschafft, etwas heil und unbeschadet nach Hause zu bringen. Und so war Helius in seiner Kolonie ein Außenseiter geblieben.

Bis zu dem Tag, als er das kleine Ferkel in seiner komischen Behausung mit den Stäben drum herum gesehen hatte; es hockte da drin und dabei schien eine Flucht so einfach, nämlich mit ein bisschen Ameisensäure. Natürlich hatte ein Ferkel da überhaupt keine Chance, es hatte ja auch keine Säure parat. Aber eine Ameise, und zwar hochprozentig und fürchterlich ätzend, man nennt sie auch Methansäure. Das hatte Walter ihm jedenfalls erklärt, Helius kümmerte der Name überhaupt nicht, er hatte seine Säure auf die Stäbe gespritzt, und plötzlich hatte sich der Käfig verzogen, dass Walter rausschlüpfen konnte. Das Ferkel bezeichnete Helius als seinen Freund, weil er etwas für ihn getan hatte, einfach so, ohne eine Gegenleistung. Scheinbar was das eine wichtige Sache mit Gegenleistungen. Die Ameise glaubte das nicht, Freunde waren füreinander da – daran glaubte er.

Seitdem zogen die beiden durch die Lande, Helius galoppierte auf Walters Rücken dahin und fühlte sich dabei wie ein Ritter auf seinem Pferd. Walter trug den winzigen Ritter gern, auch wenn der manches Mal ganz schön anstrengend sein konnte. Hü und Hopp, und schneller, schneller! Die Ameise schien nie genug von der Höhenluft zu bekommen.

Gerade tat Walter einen tiefen Atemzug, woraufhin Helius prompt von seinem Rücken rutschte. „He!", tat dieser seinen Unmut kund.

„Ameisen sind prima Kletterer … das hab ich jedenfalls gehört", meinte Walter daraufhin lachend.

„Was du nicht sagst", hielt Helius dagegen. „Ich bin halt außergewöhnlich!"

„Da ist was dran" Walter lachte immer noch, und die Ameise hatte bei dem Hin- und Hergeschaukle gar keine Möglichkeit, wieder auf den Ferkelrücken zu gelangen; dabei war es dort oben so schön warm und behaglich - der Flaum war weich und oh, oh, so gemütlich.

„Du bist außergewöhnlich faul. Wir können doch nicht immer so weiter machen. Ich möchte nützlich sein, ich möchte etwas tun. Ich will doch kein Hausschwein sein!" Walter war nun plötzlich doch nicht mehr nach Lachen zumute.

„Du bist gar kein Schwein, du bist bloß ein Ferkel", sagte Helius und konnte gar nicht verstehen, weshalb jemand freiwillig arbeiten wollte.

„Ich hoffe, du hast das ‚bloß' nicht ernst gemeint, das wäre gemein. Ich bin eben anders!" Darauf konnte Helius nichts erwidern, denn Walter war tatsächlich anders. Sein Freund war ein intelligentes, kluges Ferkel, eines, das keine Lust hatte, sich im Dreck zu wälzen, komische Grunzlaute von sich zu geben, die sich den ganzen lieben, langen Tag gleich anhörten.

Walter liebte Bücher. Helius hatte keine Lust, sich damit zu beschäftigen, was dort im Innern zu finden war. Aber Walter konnte tatsächlich lesen, was dort stand, und irgendwo zwischen den Deckeln stand da sogar ziemlich viel, sagte jedenfalls Walter.

„Ich könnte dir wieder so ein Buch besorgen", schlug Helius vor; er mochte es nicht, wenn Walter traurig wurde.

„Ja, das wäre toll, man kann so viel lernen."

Also na ja, lernen ... hm. Lernen soll toll sein. Helius ließ Walter einfach in dem Glauben, er selbst war überzeugt davon, dass zu viel von diesem und jenem nur schaden konnte. Zu viel Arbeit, zu viel Lernen. Zu viel, zu viel ...

„Das letzte Buch, das du mir mitgebracht hast war wirklich interessant" sagte Walter jetzt, über das ganze Gesicht strahlend. „Darin wurde beschrieben, wie man Verletzungen behandelt und wie man den Körper von Giften befreit."

„Wahnsinnig interessant!" Helius gähnte.

„Ach, du bist ein Ignorant!" Walter schob den kleinen Kameraden vorsichtig zurück auf seinen Liegeplatz.

„Was ist ein Ignorant?", wollte die Ameise dennoch wissen.

„Das ist jemand, der absichtlich nichts wissen will", erklärte Walter.

„Das stimmt so gar nicht. Ich will immer wissen, wann ich die nächste Mahlzeit bekomme, ich will wissen, ob es morgen regnet, ich will wissen, ob ..." Helius konnte mit so einigem aufwarten, von dem er fand, man sollte es unbedingt wissen.

„Schon gut, das reicht", unterbrach ihn Walter.

„Oh" sagte Helius erstaunt, hielt aber den Mund.

Die beiden dösten noch eine ganze Weile im warmen Gras, um sie herum das geschäftige Treiben anderer Insekten. Die Bienen suchten ihren Nektar im roten und weißen Klee, ein paar Käfer waren auf der Durchreise und marschierten trampelnd vorbei und ganz in der Nähe ästen eine Hirschkuh und ihr Kitz.

Der Nachmittag schlich dahin und brachte eine sanfte Dämmerung mit sich – und einen lauten

Aufschrei. „Aua, ich bin schwer verletzt!" klang es über die Wiesen.

Ein Rotfuchs kam auf Walter und Helius zu, den rechten Vorderlauf nach sich ziehend, seine Miene drückte Schmerz aus.

„Was ist denn?" fragte das Ferkel. Helius dagegen wollte schon die Flucht ergreifen, ein verletzter Fuchs hatte ihnen gerade noch gefehlt, die waren bösartig.

Und das sagte er Walter auch. „Wir sollten schnellstens verschwinden!"

„Wenn du von Tollwut redest, er hat keine, das siehst du doch!", meinte Walter beruhigend.

„Gar nichts sehe ich, der benimmt sich komisch", war Helius überzeugt.

„Das würdest du auch, wenn dir was im Fuß steckt!", sagte das Ferkel.

„Also, ich gehe ...", verkündete die Ameise nun eingeschnappt.

„Immer diese verflixten Kleintiere", grummelte der Fuchs.

„Wen nennst du hier Kleintier, du roter Nieren-wärmer!", warf sich Helius in die Brust und richtete sich zu seiner vollen Größe auf, was allerdings nicht die erwartete Wirkung hatte.

„Er meint es nicht so. Wo tut´s denn weh?" Walter warf Helius einen Blick zu, der besagte, sei einfach still!

„Ich bin auf eine Biene getreten, das Biest hat mich gestochen, es ist wirklich ganz gemein!" Der Fuchs hob vorsichtig den Lauf an, damit Walter sich den Stich ansehen konnte.

„Wie es aussieht, reagierst du ein wenig allergisch!" sagte Walter.

„Aller ... wie?" Der Fuchs verstand nicht, wovon das Ferkel da redete.

„Leg´ dich hier hin ins Gras, ich muss zuerst den Stachel heraus ziehen, der steckt noch drin." Und Walter packte ganz vorsichtig mit seinen kleinen Zähnen den Stachel und der Fuchs stieß einen erleichterten Seufzer aus. „Puh! Danke schön."

„Du wirst über Nacht einen Verband tragen müssen" erklärte ihm Walter und machte sich daran, aus Blättern und Stängeln etwas zu flechten.

„Helius, du könntest dich nützlich machen und mir Bärlauchblätter besorgen - dort hinten in dem Waldstück gibt es welche."

„Bärlauchblätter, igitt. Das sind doch die mit dem komischen Geruch." Die Ameise rümpfte die Nase (und wer schon einmal eine Ameise beim Nasehochziehen gesehen hat, der weiß, es sieht gruselig aus.)

„Genau." Walter dachte zuerst, dass Helius sicher gleich eine Ausrede parat haben würde, immerhin handelte es sich da um eine Tätigkeit, aber er täuschte sich, die Ameise nickte nur und lief auch schon los.

„Ich drücke die Blätter auf den Einstich, und drum herum lege ich den Verband, beides lässt du bis morgen früh so wie es ist, es muffelt ein bisschen, aber du wirst sehen, morgen ist dein Vorderlauf so gut wie neu - du wirst anschließend nur baden müssen."

„Woher weißt du das alles?", staunte der Fuchs. „Du bist doch ein Ferkel!"

„Er ist ein schlaues Ferkel, er liest nämlich viel!", sagte Helius, der einen Berg Blätter auf seinem schmalen Rücken transportierte, voller Stolz.

„Unsinn, Ferkel können nicht lesen!", sagte der Fuchs und schaute drein, als hätte man ihm grade einen Bären aufgebunden.

„Und ob er lesen kann." Helius lud die Blätter ab und setzte sich dann auf den Haufen, so wirkte er größer.

„Wenn diese Blätter und dein Verband bis morgen wirklich geholfen haben und ich wieder richtig laufen kann, dann habt ihr mich überzeugt", behauptete der Fuchs. Und schon machte sich Walter eilig daran, den beschriebenen Verband um den Lauf des Fuchses zu legen. Helius kletterte von seinem Haufen herunter, er fand, er hatte die Blätter, die Walter ihm beschrieben hatte, ziemlich schnell ausfindig gemacht. Gut gemacht; leider sagte es niemand.

Der Fuchs stellte die Ohren auf und riskierte ab und zu einen Blick; das Ferkel schien zu wissen, was es tat.

Am nächsten Morgen war der Fuchs bereits auf den Beinen, bevor die beiden anderen auch nur ein Auge aufgemacht hatten. Helius beschwerte sich lautstark über den miefigen Geruch, den er die ganze Nacht hatte ertragen müssen. Walter grinste. Dafür, dass es so streng gerochen hatte, hatte die Ameise aber mächtig geschnarcht. Der Fuchs staunte nicht schlecht, als er, ohne auch nur ein kleines Zwicken zu spüren, den verletzten Lauf wieder aufsetzen konnte. „Deine Kräuter haben geholfen, Ferkel!", sagte er bewundernd. Die Ameise verschränkte mit säuerlicher Mine die Vorderbeine auf seiner kleinen Brust. „Und was ist mit mir?", wollte Helius wissen.

„Du bist der beste Bärlauchblätterträger, den ich kenne", erklärte der Fuchs. Helius schmollte. Das war nicht die Antwort, die er gerne gehört hätte. „Bärlauchblätterträger", sagte er leise; „das klingt nach Arbeit!"

Walter und der Fuchs kommentierten die Bemerkung mit einem lauten Lachen.

Der Fuchs dachte nach. „Hier liegt einiges im Argen!" erklärte er schließlich. „Die Biene, die mich gestochen hat, scheint krank gewesen zu sein. Überhaupt sieht es so aus, als wären viele der Bienen nicht gerade fit."

„Du meinst, sie sind krank?" wollte Walter wissen. – Wenn die Bienenvölker keinen Honig mehr herstellen konnten ... nicht auszudenken!

„Sie können nicht mehr fliegen. Irgendwas steckt sie an, und sie sterben." So übel gelaunt wie der Fuchs noch kurz vorher gewesen war, nun klang er doch so, als täten ihm die Bienen leid.

Nicht mehr fliegen, sogar sterben, das war allerdings furchtbar und grausam. Walter überlegte, was man dagegen unternehmen könnte.

Und sogar Helius fehlten ausnahmsweise einmal die Worte – jedenfalls beinahe. „Du bist aber auch nicht dumm!" bemerkte Helius und nickte dem Fuchs zu.

„Na ja, lesen kann ich nicht!" sagte der. „Aber ich kenne viele Tiere hier in der Umgebung. Da hört und sieht man so manches."

„Was steckt die Bienen an?" Walter sah den Fuchs gespannt an.

„Es ist irgendein anderes Tier, ein sehr kleines Tier." Der Fuchs hatte keine bessere Erklärung.

„Und dieses kleine Tier dringt in die Bienenstöcke ein und macht die Bienen krank, ich hab´s kapiert!" erklärte Walter. „Das kleine Tier wird Varroamilbe genannt, eine der größten Bedrohungen für Bienenvölker."

„Das hat er natürlich auch gelesen", sagte der Fuchs. Seine Nase zuckte aufgeregt, dass die Schnurrhaare vibrierten.

Walter fügte hinzu: „Wenn die Menschen schon nicht auf uns Acht geben, dann müssen wir uns eben selbst darum kümmern." Er seufzte. Er hatte noch gut die spitzen Instrumente in Erinnerung, mit denen seine Haut durchstochen worden war und die richtig wehgetan hatten. Das war die Zeit in seinem Gefängnis gewesen. – Der Fuchs hatte Recht mit seiner Sorge, Menschen waren ziemlich kompliziert, Helius hätte sie umständlich genannt. Aber vielleicht waren sie klug genug zu begreifen.

Walter hatte schon davon gehört, dass die Menschen den Bienen andere Wohn- und Arbeitsbereiche verschaffen konnten. Die Menschen brauchten die Bienen, und so würden sie ihnen sicher auch helfen. Das Problem war nur, sie mussten immer erst mit der Nase auf etwas gestoßen werden, bevor sie etwas unternahmen. Aber Walter hatte da schon eine Idee.

„Die Natur hilft sich selbst, und wir sind doch die Natur, oder?" erkundigte sich das Ferkel jetzt bei den beiden anderen.

„Genau!" erklang es wie aus einem Mund. Die Augen des Fuchses glitzerten, und auch Helius überlief bei dem Gedanken an eine Unternehmung ein wohliger Schauer, wenn er natürlich auch gerne weiter im warmen Gras gedöst hätte. „Was machen wir jetzt?" fragte Helius seinen Freund voller Neugier.

„Wir müssen versuchen, die Bienen zu überreden, ihre Stöcke vorerst aufzugeben. Wir bringen so viele Bienen wie nur möglich zu den Menschen, dort sind sie in Sicherheit; sie mögen die Bienen, sie brauchen den Honig, und darum werden sie nicht zögern, zu helfen.

Der Fuchs schaute mit einem Mal ganz komisch und auch Helius gefiel der Vorschlag nicht. „Zu den Menschen?" fragte er erstaunt. „Aber ... aber du warst doch selbst dort, du weißt doch noch, was sie mit dir angestellt haben." Helius wollte gar nicht glauben, dass Walter an so etwas auch nur denken konnte.

„Ja, das war ich, und ja, ich weiß, was sie mit mir angestellt haben, aber ich weiß auch, weshalb sie es getan haben – nicht, weil sie gemein sind, mein Freund, sondern weil sie sich manches Mal Dinge in den Kopf setzen, wie zum Beispiel ein Ferkel, dass auf ewig so klein bleibt. Sie finden es niedlich. Sie denken manches Mal dumme Sachen, aber sie sind nicht böse!" Walter betonte es, weil er wirklich davon überzeugt war. Niemand hatte ihn schlecht behandelt, er hatte nur in einem Gitterding gesessen und hin und wieder einen grausigen Pieks bekommen – aber er hatte genug zu essen gehabt und wurde oft gestreichelt.

„Wenn du meinst!" sagte der Fuchs und schaute immer noch komisch, doch er musste sich eingestehen, dass sein Vorderlauf bereits nicht mehr wehtat.

Helius zuckte die winzigen Schultern - man konnte es kaum sehen.

Doch damit wurde Walters Vorschlag angenommen.

Die ungleichen Drei machten sich auf den Weg, und es dauerte gar nicht lange, bis sie an einen Bienenstock kamen. Und die Bienen, die ebenfalls schon von dieser gefährlichen Krankheit gehört hatten, waren gerne bereit auszuschwärmen und all die anderen Bienen in den umliegenden Stöcken zu fragen, ob sie mitkommen wollten. Sie alle hatten große Angst, also hörten sie dem kleinen Ferkel fraglos zu, wie es davon berichtete, was es bei den Menschen erlebt hatte und dass sie die einzige Rettung für die Bienenvölker waren.

Und so kam es, dass an einem schönen Sonnentag plötzlich Hunderttausende Bienen auf der Suche nach Schutz und einer neuen Wohnung bei den Menschen ankamen. Und mit ihnen ein Fuchs und ein Ferkel, auf dessen Rücken eine Ameise ritt. Es sah schon ein wenig seltsam aus, zugegeben. –

Wollen wir also hoffen, dass diese Menschen schlau genug waren, ihnen allen zu helfen.

Wenn wir das nächste Mal beim Frühstück sitzen und unser Honigbrot essen, dann denken wir an die Bienen, die Nektar gesammelt und daraus Honig gemacht haben.

Finkenweiberls Kummer

Josef Obermüller

A Finkenweiberl sitzt auf'm Zweigerl.

Vom Woana san ganz rot de Äugerl.

Ihr Freindin hot des deshoib gfrogt:

Warum woanst du denn, wos hot di plogt?

Drauf schluchzt des Finknweiberl leise:

I glaab, mei Mo, der hot a Meise!

Fabel vom Wolpertinger

Wolfgang Rendl

Ein Wolpertinger lebte inmitten einer Kleinstadt recht scheu in einem einfachen Haus. Seine Nachbarn kannten ihn nur als „Herr Nachbar", ließen ihn seine Zurückgezogenheit pflegen und fanden ihn ganz possierlich. Da geriet eines Tages seine Welt langsam, aber sicher ins Wanken. Ein Erbe hätte er antreten sollen, eine ihm nicht näher bekannte, entfernt verwandte Biberdame hatte ihm eine Dammbaulizenz am viertnächsten Fluss vererbt.

Als er so seinen Weg durch die Ämter sich bahnte, wurde er von der korrekten Gazelle darauf verwiesen, dass er gar keinen Pass mit sich führte. Dieser Pass war aber das Eingangstor zu allen bürgerlichen Rechten und Ergötzungen. Beim Passamt wurde dem verblüfften Wolpertinger beschieden, dass es ihn eigentlich gar nicht gäbe. „Wie das?", fragte er mit wolpertingerischem Akzent. „Ganz einfach", erwiderte die Nilpferd-Sekretärin, „es gibt keine Wolpertinger, und deshalb können und dürfen Sie sich so nicht nennen." Und sie nickte klug hinter ihrer Brille daher. Vergebens versuchte er sie zu überzeugen, dass er ein Wolpertinger mit dem Aussehen eines Wolpertingers sei. Gut, die

Giraffe, die dem Nilpferd assistierte, blätterte noch etwas in den Akten und Vorschriften, konnte darin aber keinen Hinweis auf Wolpertinger finden. Und also erzählte der Antragsteller von seinen Vorfahren, die nur ganz schwer erjagbar gewesen waren. Sie konnten ausschließlich von jungen, gutaussehenden Frauen gesichtet werden, wenn diese sich in der Abenddämmerung bei Vollmond der Begleitung eines rechten, zünftigen Mannsbildes anvertrauten, das die richtigen Stellen an abgelegenen Waldrändern kannte. Weitere Geschichten wollte er hinzufügen. „Ja, ja, klingt ganz possierlich", wurde er amtlich unterbrochen, „aber bitteschön, in welcher Welt leben Sie denn?" Unverrichteter Dinge musste er gehen. Er setzte nun auf die Politik und arbeitete sich nun sogar bis an das Backenhörnchen heran, das die Kanzlerin war. Nein, sie könne ihn leider nicht als Wolpertinger anerkennen und habe jetzt ohnehin einige Krisen auszusitzen. Und Passivität sei schließlich sehr anstrengend.

Der Wolpertinger war ratlos. Und seine Verwandtschaft war doch so weit weg, geradezu verschollen. Aber irgendetwas musste geschehen. Es ging ihm jetzt nicht mehr um das Erbe jener Biberdame, nein, er hatte seinen eigenen Wolpertingerweg zu gehen. Da durchfuhr ihn ein Gedanke. Amtlich gesehen existierte er nicht, also konnte ihm doch amtlich gar nichts passieren. Das wollte er einmal testen. Aus dem Kaufhaus nahm er sich zwei Halsbänder für Gänse mit. Zwar stellte ihn der Schakal, der Kaufhausdetektiv, doch tatsächlich: Ihm war nichts anzuhaben, da er eigentlich gar nicht existierte. Die Polizei bestätigte das. War das nicht herrlich für den Wolpertinger? Und so kam es, dass kein Kaufhaus mehr vor ihm sicher war und dann keine Bank. Er musste nur mit seinen Wolpertingerzähnen drohen, schon wurden die Schaltergeparden gefügig. Jedes Mal landete er bei der Polizei, wobei er dabei auch keinen Widerstand leistete, sondern die Ruhe selbst ausstrahlte. Denn er wusste, kam es zur Feststellung der Personalien, musste er wieder fortgeschickt werden. „Wir nehmen doch kein Phantom fest!", brüskierte sich Kommissar Storch. „Wolpertinger!", verbesserte ihn sein Gegenüber. „Ha, noch besser!", grimmiges Lächeln.

Es musste etwas geschehen, da keiner mehr sicher war vor dem nicht vorhandenen Wolpertinger. Diesem ging es nicht um die Ansammlung von Schätzen, sondern um die Narrenfreiheit, die er genoss.

Siehe da, Kommissar Fuchs wurde sein Gegenspieler. *Detective superintendent* Fox von der *New York City Police*. Jedenfalls kam er sich so vor. Etwas hemdsärmelig und extravagant. Sprang morgens in seinen *pool*, hatte dann mindestens einen *bodyguard* um sich, wenn er *shoppen* ging und stolzierte von *highlight* zu *highlight*, wenn er nicht gerade ermittelte. Ein Fuchs, ganz *up to date* und auch einem date nicht abgeneigt.

Anfangs tappte auch er im Dunkeln, was den Wolpertinger anbelangte. Mehrere Male saß er ihm schon gegenüber, unverrichteter Dinge. Er nahm sogar dessen Einladung in ein Café an, wo ihn der Inexistente sogar in die neuesten Pläne einweihte. Er wollte dem Backenhörnchen in aller Öffentlichkeit einmal so richtig die Backen in die Länge ziehen. Der Fuchs verstand Humor und hätte es dem Gastgeber sogar irgendwie gegönnt, aber da war ja noch seine *to do list*. So musste er seinerseits die Pläne zur *no go area* erklären.

Plötzlich kam er auf eine Idee. Er legte dem Wesen, das ihm gegenüber saß, seinen Plan dar und bat es höflichst um einen Diebstahl in besagtem Kaufhaus zu ausgemachter Uhrzeit. 15 Uhr am nächsten Tag sei in Ordnung, und bei den zu stehlenden Artikel habe er freie Auswahl. Die Polizei werde ihn dann anschließend zum *office* begleiten.

Gesagt, getan. Beim Diebstahl waren alle zuverlässig anwesend. Man führte den lächelnden Übeltäter ab, nachdem er aus Langeweile die gestohlenen Gemsenzahnbürsten freiwillig wieder abgegeben hatte. Was ihn aber etwas stutzen ließ, war ein neues Selbstvertrauen seitens der Polizei, so als hätten sie alle einen bestimmten Impfstoff erhalten. Kommissar Fuchs rieb sich gar vor Vergnügen die Pfoten. Also gut, zur Dienststelle. Also gut, zur Feststellung der Personalien. „Wolpertinger, ich bin ein Wolpertinger!", lautete wie immer der Spruch des Angeschleppten. „So, so, ganz sicher?", grinste der Fuchs. Der Wolpertinger war auf einmal hellwach und gespannt auf das, was käme: „Was denn sonst?" Genau auf diese Frage hatte sein Ermittler gewartet. Genüsslich ausholend erwiderte er: „Ja, wissen Sie. Zuerst war ich ja auch wie meine Vorgänger und Mitstreiter auf der falschen Fährte. Kompliment übrigens für Ihr *know how*! Aber gestern brachte ein Anruf in New York die entscheidende Wende, den entscheidenden Hinweis."

Ein wenig ließ er den fragend dreinblickenden Gangster noch warten. „Sehen Sie, die sind wirklich ganz *cool* und schauen einfach in ihren Unterlagen nach. Und was haben sie gefunden? Einen *jackalope*, ja, einen *jackalope*! Ein *jackalope* sind Sie, auch wenn Sie es leugnen wollen. So können wir Sie festnehmen, weil wir Ihre Identität endlich geklärt haben."

Ein Raunen der Erleichterung ging durch den Raum. Ja, *jackalope*, das klang schon viel echter als Wolpertinger. Selbst dieser hatte das anzuerkennen und ließ sich abführen.

Nun, man zeigte so viel *charity*, ihm keine allzu strenge Strafe zu geben. Sozialstunden mit dem Putzen von Wolfsgebissen bürdete man ihm auf.

Er hatte aber endlich zu sich selbst gefunden und konnte seine Erbschaft antreten. Übrigens ging er klug mit seiner Dammbaulizenz um und bewahrte das Land vor einer großen Überschwemmung. *Sorry: flash flood.*

Klarstellung

Christoph Rollfinke

Es begann alles damit, dass ich Marlene auf einem einsamen Waldweg traf. Singend und hüpfend kam sie aus dem Dorf in den Wald. Sie war noch sehr jung, trug eine rote Mütze und einen zugedeckten Korb. Sie setzte sich auf einen Baumstumpf und ruhte sich aus. Vorsichtig schlich ich aus dem Gebüsch und ging langsam auf sie zu.

„Ja, wer bist denn du?" fragte sie freundlich und streckte mir ihre Hand hin. Ich ging langsam weiter, ständig bereit zu fliehen. Bei den Menschen weiß man ja nie, wie die so ticken. Die locken dich an, machen einen auf lieb und zack fangen sie dich und sperren dich irgendwo ein, wo du nie mehr rauskommst.

Marlene war anders. Sie kraulte mir das Fell, kraulte mich hinter den Ohren und gab mir eine Nascherei aus dem Korb.

„Das ist Kuchen und Wein für meine Großmutter!", sagte sie. Der Kuchen schmeckte angenehm süß, aber der Geruch vom Wein stach mir schlimm in der Nase. Marlene lachte, als ich niesen musste. Dafür genehmigte sie sich selbst einen großen Schluck aus der Flasche.

„Puh, jetzt ist mir schwindelig!", sagte sie lachend und ging singend weiter.

Von da an trafen wir uns regelmäßig.

Eines Tages rief mich die Leitwölfin zu sich.

„Du riechst ständig nach Mensch!", sagte sie, „die anderen wissen jetzt nicht mehr, ob ein Mensch in der Nähe ist oder ob das du bist!" Schuldbewusst senkte ich Kopf und Schweif. Das stimmte natürlich. Es gab ja nicht nur die nette Marlene, da war auch der immer mies gelaunte Jäger mit Namen Franz. Ständig streifte er durch den Wald und machte uns das Jagdrevier streitig. Wenn er dann einen von uns überraschen konnte, legte er seinen Feuerstock an, und es blitzte, donnerte und rauchte. Den einen oder anderen aus unserer großen Familie hatte er auf diese Art schon umgebracht.

Ich hätte Marlene gerne von den Warnungen der Leitwölfin erzählt und auch von der Angst vorm Jäger Franz. Aber wenn sie dann mein Fell kraulte und ich ein Stück von dem Kuchen bekam, war alles vergessen. Gespannt hörte ich ihr zu, wie sie von ihrem Zuhause, ihrer Familie und speziell ihrer Großmutter erzählte. Sie mochte diese alte Dame sehr. Neugierig, wie ich war, wollte ich die Alte gerne kennenlernen.

„Das ist keine gute Idee!", sagte Marlene zu mir und brach mir noch ein Stück Kuchen ab.

„Großmutter mag keine Wölfe!"

Das musste ich akzeptieren. Also beschloss ich, Marlene heimlich zu folgen. Nur mal kurz durch das Fenster der Großmutter schauen und dann wieder gehen. Ich gab ihr einen Vorsprung, und dann schlich ich ihr nach.

Auf meinem Weg traf ich die sieben verzogenen Kinder der Alleinerziehenden, die am Waldrand wohnte. Die war die meiste Zeit auf Futtersuche, und die Kinder rannten dann im Wald rum und trieben allerhand Schabernack. Als sie mich sahen, rannten sie auch gleich auf mich los, stießen mich mit ihren Hörnern und riefen: „Friss uns doch! Friss uns doch!". Da blieb mir nichts anderes übrig, als den Kopf zu senken, den Blick starr auf eine der Geißen zu halten und knurrend auf sie zu zugehen. Das Kleinste von der Bande bekam schrecklich Angst und rannte los.

Die Großen merkten, dass ich alleine gegen sie ja doch nichts ausrichten konnte und trieben ihren Spaß mit mir. Meckernd und ständig mit den Hörnern nach mir stoßend, brachten sie mich in arge Bedrängnis. Aber dann verlor das Spiel seinen Reiz und sie zogen weiter.

Nun konnte ich mich auf Marlene konzentrieren und ihre Spur wieder aufnehmen.

Nach einer Weile, es dämmerte schon, stand ich vor dem Haus der Großmutter. Zu den Fenstern war es für mich zu hoch. Selbst mit Springen gelang es mir nicht, einen Blick zu erhaschen. So schlich ich um das Haus und fand auf der Rückseite einen Holzhaufen, der bis unter ein Fenster reichte. Ich kletterte hinauf und konnte jetzt bequem in das Haus schauen. Großmutter und Marlene saßen aber in einem anderen Zimmer. Vorsichtig stieß ich mit meiner Schnauze gegen das Fenster. Ich wollte, wenn ich sie schon nicht sehen konnte, wenigstens ihre Stimme hören.

Aber das Fenster war fest verschlossen. Ich versuchte es mit mehr Druck, doch das Fenster gab nicht nach. Ich drehte mich um und wollte mit meinem Hinterteil gegen das Fenster drücken. Da gab der Holzstoß plötzlich nach, ich verlor den Halt und purzelte durch das Fenster in den Raum. Ein paar Scherben steckten in meinem Fell, und ich blutete am Rücken.

„Was war das?" hörte ich eine Stimme sagen. Das musste die von der Großmutter sein.

„Ich seh mal nach!" Marlene öffnete die Tür und erschrak, als sie mich entdeckte.

„Was machst du denn hier!", flüsterte sie ängstlich. Ich wollte gerade versuchen, irgendwie zu fliehen, da tauchte hinter Marlene die Großmutter auf. Die schwang einen Stock und sah gar nicht so nett aus, wie Marlene sie immer beschrieben hatte.

„Ein Wolf!", sagte sie mit einem bissigen Unterton.

„Den sperren wir jetzt ein, und dann holen wir den Jäger!"

„Ich bleibe hier und pass auf den Wolf auf!", sagte Marlene.

„Das ist zu gefährlich! Du kommst mit!"

Die beiden schlossen die Tür. Ich saß in der Falle. Das Fenster war zu weit oben, und die Tür wurde von außen abgesperrt. Jetzt war es ganz dunkel. Ich hatte genügend Zeit, über mein bisheriges Leben nachzudenken.

Dann kam der Jäger.

„Dieser verfluchte Wolf hat heute schon sechs junge Geißen gefressen!", hörte ich ihn sagen.

„Hat an die Tür der Geißenhütte geklopft und getan, als wäre er die zurückgekehrte Mutter!" Er nahm sich eine Prise Schnupftabak.

„Die Geißenmutter ist ganz aufgelöst!", fuhr er fort.

„Traurig sitzt sie zu Hause und hat nur noch ihr jüngstes Kind bei sich. Das war so klug, sich gleich zu verstecken!" Er nahm noch eine Prise. „In einer Standuhr hat es die Mutter gefunden. Gezittert hat es!"

So ein Quatsch, dachte ich bei mir. Die Großen sind irgendwo hingelaufen und nur das Kleine hat meine Drohung ernst genommen. Wie hätten denn sechs Geißen in meinem Magen Platz? Ich schüttelte den Kopf über so viel Unsinn.

„Ja, einen Teil von meinem Kuchen hat er auch erwischt!", sagte Marlene. Das war ja unerhört! Sie hat mir die Naschereien immer freiwillig gegeben.

„Und vertreiben konnte ich ihn nur damit, dass ich Wein über ihn ausgeschüttet habe! Tiere mögen keinen Alkoholgeruch!", fuhr sie fort. Also jetzt wurde es ja immer schöner. Sie selbst hatte sich doch immer ein paar Schlucke genehmigt!

„Na, dann wollen wir den Wolf mal seiner gerechten Strafe zuführen!"

„Aber bitte nicht in meinem Haus. Ich habe keine Lust die ganze Sauerei aufzuputzen!" Das war die Großmutter.

Die Tür ging auf und der Jäger kam mit dem Feuerstock auf mich zu. Hier durfte er mir also nichts tun. Da hätte ich noch eine Chance.

Er drückte mir den Stock ins Genick.

„Gehen wir!", sagte er. Gehorsam ging ich mit ihm zur Haustür. Marlene öffnete, sah mich aber nicht an.

Auf der kleinen Holztreppe erkannte ich meine Chance. Blitzschnell sprang ich nach rechts, der Jäger stolperte über mich, verlor seinen Halt, rutschte aus und griff um sich. Marlene stand in seiner Griffweite, er erwischte sie an ihrer Bluse. Diese riss mit einem lauten „ratsch" auf. Beide stürzten die Treppe runter. Ich rannte, so schnell ich konnte um das Hauseck und direkt in den dunklen Wald.

Als ich mich in Sicherheit fühlte, schnaufte ich erst mal richtig durch. Das war ja gerade noch mal ganz gut gegangen. Von Marlene war ich enttäuscht! Wie konnte sie mich so verraten...

Der folgende Winter kam mit großer Kälte und viel Schnee. Seit Tagen fegte ein eisiger Nordwind über das Land. Unser Rudel saß dicht gedrängt in der Höhle und hungerte.

„Wir müssen raus und uns was zu fressen suchen!", sagte eines Tages die Leitwölfin. Es war die Zeit, als die Tage ganz kurz und die Nächte ganz lang waren.

„Gehen wir ins Dorf!", schlug ich vor, „da liegt meistens irgendwas zum Fressen rum!"

„Aber wenn uns der Jäger erwischt, geht's uns ans Fell!", gab ein kleiner Wolf zu bedenken.

„Wenn wir hier bleiben, verhungern wir!", sagte die Leitwölfin, und alle anderen gaben ihr Recht. Als es dämmerte gingen wir los. Der Hunger war so stark, dass ich die Kälte kaum noch spürte. Am Dorfrand teilten wir uns auf.

Aus dem Wirtshaus fiel warmes Licht auf die schneebedeckte Straße. Ich hörte ab und zu lautes Lachen, das nach außen drang. Sonst war alles ruhig. Auf der Dorfstraße war kein Mensch unterwegs.

Ich schlich um das Wirtshaus und fand am Hintereingang eine große Tonne. Ich schnuffelte daran.

Ein betörender Geruch nach fauligem Fleisch stach mir in der Nase. Die Strategie war klar. Die Tonne umwerfen, schnappen, was ich bekommen konnte und dann ab in die schützende Dunkelheit.

Da hörte ich plötzlich eine Stimme, die ich kannte: Marlene. Vorsichtig spähte ich um die Ecke und sah, dass die Küchentür am Hintereingang offenstand. Dicker Dampf zog in die Nacht und noch mehr leckere Gerüche stachen mir in die Nase. Vorsichtig schlich ich zur Tür und spähte hinein. Marlene stand an einem Herd und rührte in einem großen Topf.

„Sag mal, Josefa!", sagte Marlene, „hast du heute Nacht auch den Wolfsziegel gehört?"

„Ja!", sagte die Frau, die ich aber nicht sehen konnte.

„Wenn Nordwind weht, dann warnt er uns vor den Wölfen!"

„Aber Wölfe sind doch viel zu scheu! Die tun uns doch nichts", sagte Marlene.

„Du hast doch auch schon schlechte Erfahrung mit Wölfen gemacht!", sagte Josefa.

Marlene lachte.

„Das stimmt nicht!" Sie begann zu erzählen, wie es wirklich war. Gespannt lauschte ich. Alles, was sie sagte, stimmte. Ich wollte gerade zu der Tonne zurückkehren, da hörte ich, dass die Geschichte wohl noch weiter ging.

„Und jetzt stell dir vor, der Franz hat überall rumerzählt, er hätte den Wolf erlegt!", sagte Marlene. Josefa lachte.

„Dann musste ich ihm und der Großmutter versprechen, dass ich überall erzählen sollte, wie er mit dem Wolf fertig geworden sei!", fuhr Marlene fort.

„Man hat den Kadaver von dem Wolf nirgends gefunden!", warf Josefa ein.

„Da hat der Franz die Geschichte mit den Wackersteinen erfunden, und dass der Wolf beim Wassertrinken in einen ganz tiefen Brunnen gefallen sei!" Marlene lachte jetzt ganz vergnügt. Dieses Lachen! Meinem Herzen gab es einen leichten Stich. Wie schön war das, als sie mein Fell graulte und mir von dem köstlichen Kuchen zu kosten gab. Fast hätte ich vergessen, dass ich mir was zum Fressen holen wollte. Aber da fing der Wirtshaushund an zu bellen. Mein Herz blieb fast stehen. Der war gut genährt und ziemlich ausgeruht. Auf einen Kampf konnte ich mich unter gar keinen Umständen einlassen. Also rannte ich davon und kehrte hungrig in die Höhle zurück. Dort angekommen, erzählte ich von dem bösen Hund, der mich verjagt hatte. Die anderen nahmen das schläfrig und satt zur Kenntnis. Ich kroch in ein Eck und träumte von Marlene. Träumte mit brennenden Magen von ihrem süßen Kuchen und davon, wie sie mich streichelte und hinter dem Ohr gekrault hatte. Ich war mir sicher, wenn sie jetzt vor mir stehen würde, wäre ich ihr nicht mehr böse.

Endlich war es soweit. Der Schnee schmolz ganz allmählich und die ersten Blumen zeigten sich wieder. Die Luft war mild und es roch so herrlich nach Frühling. Nachdem ich ausreichend Nahrung gefunden hatte, setzte ich mich wieder auf meinen Stammplatz und wartete. Natürlich wartete ich auf Marlene. Ich dachte an einen Neuanfang mit ihr. In Gedanken fühlte ich, wie sie mit ihrer weißen Hand meinen Bauch streichelte. Ich glaubte sogar ihre Seife zu riechen. Mit geschlossenen Augen genoss ich die warme Frühlingssonne. Da hörte ich ein vertrautes Singen. Vorsichtig spähte ich durch die Zweige des Unterholzes. Marlene!

Sie hüpfte und sang und schlenkerte mit dem Korb. Ich stellte mich ihr in den Weg. Für einen Augenblick sah es so aus, als hätte sie Angst. Aber sie war nur erschrocken. Sie erkannte mich und setzte sich auf einen Baumstumpf.

„Bist du mir böse?", fragte sie und verzog schuldbewusst das Gesicht. Nein, natürlich nicht. Jedenfalls jetzt nicht mehr. Ich schlupfte zu ihr hin. Sie legte ihre Hand auf meinen Kopf und begann mich zu streicheln.

„Ach, könnte ich immer bei dir sein!", seufzte ich. Sie lachte. Ich erzählte ihr, dass es im Wald ein Gerücht von einem Frosch gab, der von einer Prinzessin geküsst wurde und sich in einen Prinzen verwandelte. Die hätten dann geheiratet und in einem Schloss gewohnt.

Marlene schüttelte energisch den Kopf.

„Das ist nichts für mich", sagte sie. „In einem Schloss wäre ich den ganzen Tag eingesperrt, hätte ständig Diener um mich herum und mein Mann wäre nie zu Hause, weil er das Reich verteidigen müsste!" So hatte ich das noch nicht gesehen.

„Aber wenn es in die eine Richtung geklappt hat, dann könnte es doch auch in die andere Richtung funktionieren", sagte ich und sah sie hoffnungsvoll an. Marlene wäre bestimmt eine tolle Wölfin!

„Hör zu, Wolfi, das ist auch nichts für mich!",
sagte sie.

„Ich wüsste auch gar nicht, wie man als Wölfin so
lebt! Ich bin ganz zufrieden, wie es jetzt ist!"

Enttäuscht senkte ich meinen Kopf.

„Weißt du, die Menschen lieben uns als Rotkäpp-
chen und der Wolf! Die wissen ja nicht, wie es
wirklich ist!" Sie lachte mich aufmunternd an.
„Lass uns Freunde bleiben!", sagte sie. Diesen Satz
hatte ich schon einmal gehört, als ein Mann und
eine Frau am Waldrand auf einer Bank saßen. Die
Frau ist aufgestanden und gegangen. Der Mann hat
geheult. Marlene stand jetzt auch auf und ging, und
ich begann zu heulen.

„Perle"

Simone Schade

Ein Kätzchen einst in den Novembertagen,
es kam zu mir, was soll ich sagen.
Das Kätzchen dann in meinem Schoße
verlangte schnell nach Fleisch mit Soße.

Ein Kätzchen klein, ein Kätzchen lose,
es rutscht noch prompt aus jeder Hose.
Die Augen trüb, die Nase zu,
das Kätzchen kränkelt immerzu.

Zum Peppeln kam's, viel spielen wollt's.
Gern über Tisch und Stühle tollt's.
Es war allein, die Mutter fort!
Das Haus wurd´ bald zum Kinderhort.

Im Bette schließlich fand es Ruh
und machte seine Äuglein zu.
Das Tierchen bunt, bald kugelrund,
wuchs schnell und wog schon bald ein Pfund.

Ein' Namen braucht´s, das stellt sich ein,
wer will schon ohne Namen sein?
So wurd´s die „Perle", klein und fein,
sie prägte sich den Namen ein.

Wurd´ groß und größer, mutig, keck,
erobernd in Marwang bald jeden Fleck.
Sie weiß zu erzählen gar viele Geschichten,
kommt immer heim, um zu berichten.

Sie kommt und geht, begrüßt die Leute,
sucht zwischendrin nach fetter Beute.
Stibitzen kann sie wunderbar -
und bringt uns heimlich die Beute dar.

Der schöne Felix? Sonnenklar,
dass der ihr wohl gesonnen war.
Auch sie liebt' ihn mit heißen Herzen,
und nachts hört man sie munter scherzen.

Sie raufen und rangen
an Bäumen und Stangen,
sind Künstler der Nacht,
vom Mensch nicht bewacht.

Wir lassen sie zieh´n tagein, tagaus.
Zur Belohnung bringt Perle uns gern eine Maus.
Im täglichen Freiraum und nächtlichem Schutz
erlebt unsere Katze den Artenschutz.

Sie darf sein, wie sie will,
ohne Zwang, ohne Drill.
Das weiß sie und dankt's uns,
der liebe, kleine Strunz.

Wir sind froh, dass es sie gibt.
Wir freu'n uns, dass sie uns liebt.
Sie macht uns froh, sie macht uns weise,
auf ihre Art, mal frech, mal leise.

Addgrächdd ghoiddn. A Gschichdd, wo woah is

Rumbbe Schduiz

Amoi sand de groussn Fearien grod ooganga gwen, i bi no awei in da Schui drinnadgwen, weil i in da Biacharei z' doa ghabdd hob, d' Buddsfrau hod buddsdd und zammagraamd ghabdd, do hod s' an Affn gfunddn ghabdd, wo de Diandl in da Schui vagessn ghabdd ham und neamdd ned ghead hod. De Buddsfrau woidd des Viech wegschmeißn. Mia hod 's aba aso dabamd, da säi Aff hod mi so liab und dreiheazig oogschaugdd – „Naa, Bua, du kimmsdd ma ned in d' Obfoidonna eine!", hob i ma do denggdd und hob ma den säin Affn auf d' Seiddn do. Wos dua i iaddsdd aba midd dem Affn? I muaß 'n iagadwo addgrächdd unddabringa! Äbba im Biologie-Soi? – Naa, do sand ja grod ladda Fisch und Vegl und an Schbiriddus eiglegde Schlanga drin! – Im Diaräggddarad? – Au ja! – Aba naa: Da Diaräggdda hod ja an Hund, und ob da säi hoid äi Affn mog? – De Braddsn von dem Affn ham so an Gläddvaschluss droghabdd, do kimmd ma auf oamoi a Idä, wo i an Affn addgrächdd unddabringa kanndd: im Leahrazimma! Do hädd i glei aa draufkemma kena! – Bei uns im Leahrazimma is an da Wand doadd a gloana Disch gschdanddn, a wengei obseidds vom Drube; iba dem säin Disch is midd am langa Kabe vo da Deggn a Lambbn obahengdd. Do hob i den Affn gnumma und midd dem säin Gläddvaschluss a Schdiggl obahoib vo deara Lambbn gans fesdd aso an des Kabe oonegmachdd, dass des Viech auf 'n Disch obagschaugdd hod, wo oiwei äi Leahra ghoggdd sand, aa i bi diam doaddnghoggdd. Nachad hob i no a Schbrichal auf a Blaadl Babia und aa mein Nama draufgschriem und an den Affn midd am Drumm Däsa oonebabbdd, dass 's a jäda lesn hod kenna:

Ich bin der Bimbo, thron' am Licht
Seit langer Zeit, euch stört das nicht.
Gut lebt sich's hier, bin unverdrossen,
Fühl' wohl mich unter Artgenossen!

Zwengs wos nachad hob i aba des Veasal hochdeidsch higschriem? – Weil a jäda Aff ja an Migraddjonshinddagrund hod – do gibdd 's zwa an boarischn Löwn, aba koan boarischn Affn, und von de Leahra is aa ned a jäda a Eiheimischa gwen – mia ham aa äi Franggn, Schwom und Breißn ghabdd. Nia hod si neamdd ned iba den säin Affn und mei Schbrichal gifdd und gmoand, dass des ned schdimma daad, wos in dem Schbrichal drinschdähd, und si bei mia zwengs dem Schbrichal beschwead. Aiso is da Aff im

Leahrazimma inddägriad gwen – hob i do den richddign Riachara ghabdd! No gans lang is da Aff midd seim Schbrichal addgrächdd do om ghengdd, und i bin nachad no efdda und liaba an dem säin Disch ghoggdd ois friahra. – Mei, diam muaßdd d' aa ois Leahra aa Kindskobbf sei und iba di säiba lacha kenna, sunsdd kunnsdd d' glei aufhean …

Saubläde Rimviecha

A Gschichdd aus unsara Zeid, wo fasdd woah sei kanndd

Rumbbe Schduiz

Aiso – i bin d' Schdase, und da Räx, des is mei Freindd. Mia zwoa ham uns scho kennd und gean meng, wia man no gloane Kaiben gwen sand. Bei unsam oidn Bauan is 's uns oiwei guad ganga, und im Summa deaf ma mia zwoa und de andan oi Joah auf d' Schwendoim aufe, wo mia gans vui Blods ham. A wengei gach sand de Wiesn do om scho, und im Woid drin konnsdd de schia valaufa, aba wann i an Räx suach, find e 'n, und wann da Räggs Zeidlang noch mia hod, findd ea mi aa, weil ea hod a Gloggn um an Hois, de duad lauda, und mia ham s' aa oane umaghengdd ghabdd, de duad schdaada.

Aba neile hod da oid Baua ibagem, und da jung Baua hod uns glei de Gloggn obado, weil des äbbs oidmodisch is, hod a gmoand. Mia sand hoid no gans oidmodische Rimviecha midd de Heandln dro, und iaddsdd hod uns da jung Baua so a neimodisch DschiPiÄs-Kasddl zwischn de Heandln oonegmachdd, weil a moand, dann findd uns d' Sennaren gschwinda, sie brauchdd ja grod

200

no auf iahran Moniddoa schaung, wo mia sand. Aba am Räx und mia häifdd des goa nigs, weil mia ja koan so an Buidschiam ham, dann findd zeaschdd da oane den andan neda. Und aa a Kuah oda a Schdia deaf a Brivaddlem hom, weil wann des DschPiÄs beim Räx und bei mia zua säibn Zeid aggradd de säibn Kooadinaddn auf 'm Bauan sein Buidschiam oozoagdd und dann goa no schbeichadd, dann woaß ma auf da Schdäi, wos mia zwoa grod dean, und wos mia brivad dean, gähd neamdd nigs oo, aa ned unsam Bauan. Is 's äbba bessa, wann a Kuah koane Heandl hod? – Des oiss hod uns machdde gwuamd, des ham ma uns ned gfoin lassn, des ham ma ned vadeand ghabdd, mia abaddn Dog und Nachdd, i schaug, dass oiwei a Mille do is, und unsan Misdd mach ma aa no, i bin ned bei da Gweaggschafdd, i bin beim BäDäÄm, wos gans friahra äbbs andas gwen is; weil da Räx koa Mille gibdd, is a ned beim BäDäÄm, aba dafia beim Bauanvabund, aiso ham ma mia an Aufschdand gmachdd, und des is a so ganga:

Dass des DschiPiÄs aa gähd, brauchd 's an Schdrom, drum ham 's uns aa no an gloana Aggu zwischn de Heandl oonemonddiad. Aba da säi Aggu muass oiwei aufglon wean, und zwengs dem ham s' uns aa no so a Solamodui, wo midd am Drumm Kabe mi 'm DschiPiÄs-Kasddl voan

201

vabunddn gwen is, an Schwanz oonebunddn hindd beim Osch, ma kanndd aa song, mia sand vaaschdd woan, so sam ma uns viakemma! Iaddsdd sam ma Haidägg-Rimviecha gwen, aba oa midd äi Heandl! Rimviecha meng ma scho gean sei, bloß koane blädn, und zwengs dem Solamodui an Sunnabrand am Osch hinddn meng ma scho glei goa ned hom! Oiso ham ma oiwei, wann d' Sunn am Himme gwen is, uns aso higschdäid oda goa higlegd, dass unsa Osch im Schaddn gwen is, oda mia sand glei an Woid eineganga, wo koa Sunn ned hikimmd. Dann lodd da Aggu nimma gscheid auf, nachad gähd des DschiPiÄs nimma, und d' Sennaren fluachdd nachad gans abscheile, wei s' uns nia findd, wann ma uns im Woid drin vaschdeggdd ghabdd ham. „Saubläde Rimviecha!", hod 's do blead. Wia ma s' schimbbfa und fluacha ghead ham, ham ma uns rächdd gfreid und grinzdd, aba uns ganz schdaad ghabdd.

So a drei Wocha umanand is des aso dahiganga, dann hod d' Sennaren nimma meng und zum junga Bauan gsogdd, dass a uns d' Gloggn wieda umahenga soi, wei des mi 'm DschiPiÄs ned hihaud. Da säi hod zeaschdd bläd gschaugdd, aba am Endd is eahm nigs andas ned ibabliem, und da Räx und i, mia ham iaddsadd unsane Gloggn wieda und sam ma wieda vui meahra beianand, wei da oa den andan wieda hean ko, iaddsdd is wieda oiss guad gwen midd uns zwoa. Und do guidd hoid aa des oide Schbrichal: „Wea an andan einedauchdd, wead säim einedauchdd!" – Wea is iaddsdd nachad des saubläde Rimviech gwen?

Ui

Dialektische phonetische Analogien

Rumbbe Schduiz

Voarigs Joah wa's im Abbrui,
Aggradd z' Ousddan, 's wa koa Schui,
Mi ziahgdd 's fuadd, i suach a Zui,
Findd 's z' Ägibbddn drundd am Nui,
Hogg am Ufa in am Schduih,
Siahg auf oamoi des Brofui
Vo am Groggodui.
Ui!
Kuih!
'S haud mi schia vom Schduih!
Wos des vo mia wui?
So a saubläds Gfuih!
Gschbia 's, des is koa Schbui!
Bfui!
Mia wead des gend z' vui,
'S häifdd nigs, wann i brui.
Hob koan Bäsnschdui,
Nimm drum 's Barablui,
Schlog des Groggodui,
Scho vaschwindd 's im Nui. –
Griag a bessas Gfuih.
Kimmd 's gend nomoi, 's Groggodui?

Hod 's iaddsdd säiba a schlächdds Gfuih? –
I moa scho, drum bleibdd 's im Nui.
Wos i meahra wui?

Katzenherbst

Elke Schleich

Felix war alt und in vielen Dingen etwas nachlässig. Sein Gang war zwar nach wie vor geschmeidig, und er widmete immer noch mehrere Stunden täglich der Fellpflege, doch gab es mancherlei Pflichten, die er nicht mehr so ernst nahm wie in jungen Jahren. Früher hatte er es mit jedem aufgenommen, der ihm in seinem Revier in die Quere kam. Aber jetzt ...

Wenn er vor dem Haus auf seinem Lieblingsplatz in der Sonne ruhte und die Wärme durch das graubraune Fell bis auf seine Haut drang, tat er des öfteren so, als bemerke er den athletischen Roten nicht, der sich aufreizend langsam längs der Buchsbaumhecke durch den Garten bewegte.

Auch an diesem Herbsttag blinzelte Felix nur kurz, als er den Eindringling wahrnahm. Er blieb einfach liegen. Aber die zuckende Schwanzspitze und die vibrierenden Schnurrhaare verrieten, wie es in ihm aussah. Mit jedem Tag wurde der Rote dreister. Erst war er nur schnell, fast wie aus Versehen, durch Felix' Reich gehuscht.

Als er nun endlich durch die Lücke kurz vor der Pforte den Garten verlassen hatte, richtete sich Felix auf. Er sah eine Weile hinter dem Roten her. Dann machte er einen Buckel, wie stets nach der

Mittagsruhe, streckte sich und schritt bedächtig die Terrassenstufen hinab. Er kontrollierte das Mauseloch unter der letzten Stufe, fand es leer vor und ging weiter zum Blumenbeet. Hier schnupperte er an den gelb und orange blühenden Astern, rieb seinen Kopf an der holzgeschnitzten Katzenfigur und setzte seinen Weg bis zur Hecke fort. Der Geruch des Roten stach ihm in die Nase. Angewidert zog Felix eine Lefze hoch, bevor er seine Duftmarke absetzte.

Schließlich schlüpfte auch er durch die Heckenlücke, blieb stehen und schaute sich um: nichts Besonderes. Stille und Frieden in der kleinen Straße. Er überquerte sie und hielt geradewegs auf das gegenüberliegende Grundstück zu, denn es wurde Zeit für Karo.

Kaum hatte Felix den Jägerzaun erreicht, begann das Spektakel. Eine laute Hundestimme durchbrach aufheulend die Ruhe. Ein, zwei Sekunden danach war Karo da. In langen Sätzen sprang er wie von Sinnen jenseits des Zauns einher, bellte Felix an, knurrte, fletschte die Zähne.

Und Felix? Er tat wie immer so, als interessiere ihn der Schäferhund und das Theater, das er aufführte, nicht im Geringsten. Er legte die Ohren ein wenig schräg zurück. Obwohl er keinen Lärm mochte, wollte er nicht auf das tägliche Ritual verzichten. Karo konnte ihm nichts anhaben, er wusste es und flanierte am Zaun entlang wie ein Spaziergänger auf der Promenade.

Hunde! Völlig verdrehte, immerzu falsch reagierende Wesen. Harmlos, wenn sie eingesperrt waren wie dieser – gefährlich, wenn man sie unterschätzte.

Die Narbe an Felix' rechtem Ohr zeugte von einer länger zurückliegenden, ernsten Begegnung mit einem von Karos Art. Aber da war noch etwas anderes. Etwas, das tief in seinem Innern gespeichert war, an das er aber keine klare Erinnerung mehr hatte und das ihn hierher trieb zu diesem Verrückten auf der anderen Seite.

Die belfernde Schnauze blieb neben ihm, nur die Holzstreben dazwischen, und gleich, am Tor, würde die Vorstellung beendet sein. Die Eisenpforte war undurchsichtig. Zuweilen erschien Karos Nase in dem Spalt zwischen Boden und Tor, und Felix streckte dann den Kopf bis auf wenige Zentimeter an sie heran. Nie dauerte dies länger als einige Augenblicke.

Nur noch ein Meter bis zum Tor. Ein letztes grollendes Bellen.

Und dann geschah, womit keiner der beiden je gerechnet hätte: Das Tor war offen.

Sie standen sich, durch nichts getrennt, gegenüber.

Felix erstarrte.

Zur Flucht war es zu spät. Über sich sah er Karos riesige Schnauze mit den spitzen Zähnen darin, und die Narbe in seinem rechten Ohr wurde ihm nur allzu bewusst. Er sah aber auch eine rosa schimmernde Zunge und dunkelbraune Augen, die mit einem Ausdruck zwischen Schreck und Freude auf ihn herabschauten, und ein weit, weit entferntes Erinnerungsbild blitzte in ihm auf.

Ehe sich Karo oder Felix schlüssig werden konnten, was sie nun tun sollten, ertönte ein Pfiff.

Aber Karo folgte dem Ruf seines Herrn nicht sogleich. Er drückte die Vorderpfoten flach auf den Boden. Sein Kopf und der des Katers waren für einen Moment auf gleicher Höhe. Ein kurzes „Wuff" und schon warf sich Karo herum und stob über den Rasen davon, dass das rotbraune Laub nur so in die Luft flog.

Felix sah, wie Hund und Herr im Haus verschwanden, und vermochte sich ein paar Sekunden lang nicht zu rühren. Doch dann setzte er seinen Reviergang fort wie gewohnt. Ohne Eile betrat er den Garten der alten Frau, schlappte bei ihr sein Schälchen Milch und putzte sich anschließend den Bart. Mit rundgewölbtem Rücken verabschiedete er sich an ihren Beinen und ging heim.

Er kam durch die Katzenklappe am Haupteingang ins Haus und merkte sofort, dass etwas nicht stimmte. Als er vom Wohnzimmer auf die Terrasse spähte, sah er es: Seine Menschin und der Rote! Dicht beieinander! Soeben stellte sie einen Teller auf den Boden. Seine Leibspeise „Huhn in Aspik" – er roch es genau – für diesen Eindringling!

Felix' Nackenhaare sträubten sich.

Der Rote warf ihm einen Blick zu und begann zu fressen.

„Schau Felix, so ein lieber Kerl! Komm, du kriegst auch dein Leckerchen!"

Ihre helle Stimme konnte ihn nicht besänftigen. Er sauste an den beiden vorbei und versetzte dem Roten dabei einen gezielten Tatzenhieb. Felix hörte noch ihren überraschten Ausruf, und schon war er wieder auf der Straße.

Seine linke Hüfte, in der es, seit es kälter geworden war, oft ziepte, schmerzte nach dem Spurt. Unschlüssig saß er da. Er brauchte jetzt sein zweites Schläfchen, was hatte er hier zu suchen?

Doch in seinem Reich war unerwünschter Besuch.

Felix wechselte die Straßenseite. Am Jägerzaun verharrte er und äugte hindurch. Karo lag neben der Hundehütte in seinem großen Korb. Er bemerkte Felix nicht, schließlich war es nicht die übliche Zeit für sein Erscheinen.

Da tat Felix etwas, was er noch nie getan hatte. Er stieg langsam durch eine der untersten Holzrauten, tat zwei Schritte auf den Rasen und schickte ein leises, fragendes „Mau?" zu dem Hund hinüber.

Karo hob den Kopf.

Ihre Blicke trafen sich.

Felix leckte über seine weiße Brust, die tadellos sauber war.

Karo stand auf.

Felix sah, wie sich der Schwanz des Hundes hin und her bewegte. Höchstes Alarmzeichen unter Katzen! Aber in ihm tauchte gleichzeitig ein Bild auf: Vor Ewigkeiten, als Katzenkind, war er mit so einem schwanzwedelnden Wesen wie diesem dort sehr vertraut gewesen. Etwas trieb ihn dazu, auf Karo zuzugehen. Nicht direkt, sondern auf dem Umweg am Zaun entlang. Karo bellte nicht, seine Rute wedelte weiter.

Zum zweiten Mal an diesem Tag standen sie voreinander.

Felix stellte den Schwanz steil, spazierte an Karo vorbei und untersuchte dessen Lager. Von seinem Körper erwärmt, erschien es ihm behaglich genug. Er kauerte sich abwartend darin zusammen.

Es dauerte nicht lange, bis er Karos Fell an seinem fühlte, und er streckte entspannt die Pfoten aus.

Ja, Felix war alt und in vielen Dingen etwas nachlässig. Er hatte an diesem Tag im Herbst eine Niederlage erlitten. Doch verlor sie mit jedem Zentimeter, den er und Karo näher zusammenrückten, an Bedeutung.

Frau Mayer

Monika Schneider

Gestatten, Frau Mayer. Meines Zeichens Ladenbe-sitzerin, Chefin, Schönheit, Diva, Zicke und manchmal, aber nur wenn ich auch wirklich will, eine Schmusekatze von Gottes Gnaden.

Nachdem eine meiner Angestellten, um nicht zu sagen: Lakaien, es gewagt hat, ein unverschämtes Buch über ihre tierischen Wegbegleiter zu verfas-sen und sogar mich darin erwähnt hat, muss ich mich einfach zu Wort melden und die Sache aus meiner Sicht schildern...

Ich bin Chefin eines verträumten, etwas abseits liegenden kleinen Ladens in einem gemütlichen bayrischen Bergdorf. Okay: eine aufstrebende, moderne und trotzdem den Traditionen verhafte-ten Marktgemeinde im bayrischen Voralpenland (so die Meinung des Gemeinderates). Wenn ihr mich fragt … Aber mich fragt ja keiner …

Geboren wurde ich im Nachbarhaus, wo ich meine ersten Lebenswochen mit meinen bedeutungslosen Geschwistern, meiner zickigen Mutter und meiner fetten Tante Resi verbringen musste. Und wenn ich sage FETT, dann meine ich auch FETT – Tan-te Resi schaut aus, als ob sie einen Fußball ver-schluckt hätte – am Stück, meine ich – echt der Wahnsinn – und dann trauen sich manche Zweibeiner zu behaupten, ich wäre dick – ICH – eine Unverschämtheit!! Nur weil mein Winterfell zurzeit leicht aufträgt und mein Bauch durch einen miesen ärztlichen Kunstfehler etwas hängt und beim Laufen hin und her schwingt – stellen Sie sich nur mal vor, eine meiner Angestellten sagt hinter vorgehaltener Hand sogar „Bimbam Bauch" zu mir – eine bodenlose Frechheit Ich würde sie am liebsten auf der Stelle rauswerfen, aber gutes Personal ist ja so schwer zu bekommen – vor allem hier auf dem Land.

Schon in meinen ersten Tagen auf dieser Erde wurde mir klar, dass ich etwas ganz besonderes bin und zu Höherem bestimmt. Nicht dazu geboren, um mein Leben als normale (na ja, ich kann nicht gerade behaupten, dass die anderen Tiere in diesem Haus normal sind…) Hauskatze in einem ehemaligen Bauernhof zu fristen.

Also musste ich auch meine Dosenöffner – na ja, inzwischen bevorzuge ich ja eher Beutelchen oder kleine goldene Aluschälchen – von meiner Einzigartigkeit überzeugen und vor allem mein zukünftiges Personal mit Bedacht auswählen.

Und da war sie auch schon, die perfekte Anwärterin auf diesen ehrenvollen Posten als Beutelchen-Öffnerin und Hauptlakai – die Nachbarin – nett, tierlieb – eine Person, die nicht nur meine überragende Schönheit, die elegante Gleichmäßigkeit

meiner Gesichtszüge, die Perfektion meiner Fell-
zeichnung auf der Stelle erkannte, sondern auch
meine Besonderheit zu spüren schien. Die Sache
hatte nur einen Haken, sie war doch tatsächlich
noch der Meinung, sie möchte keine Katze mehr
haben. Stellen Sie sich das nur mal vor! Und das,
obwohl sie MICH haben kann (bzw. ich SIE, aber
das musste sie ja nicht gleich wissen). Aber wie es
auch nicht anders zu erwarten war, schmolz ihr
Widerstand mit jedem Besuch an meinem Kinder-
bettchen. So bezog ich mit knapp zehn Wochen
mein neues Domizil.

Zu meiner großen Freude stellte ich fest, dass mein
neues Reich nicht nur aus einer sehr geräumigen
Erdgeschosswohnung mit traumhaftem Garten
(und natürlich jederzeit freiem Zugang zu Wohnung oder Garten), sondern auch einem (also meinem) direkt angrenzenden Laden besteht. Die
nächsten Wochen verbrachte ich erst mal damit,
mein neues Revier in Augenschein zu nehmen,
Grenzen abzustecken und die neuen jetzt gelten-
den Verhaltensregeln festzulegen. Zuerst, und das
war das allerwichtigste, musste ich aus meiner Do-
senöffnerin eine Beutelchen-Öffnerin machen –
ich esse doch nicht das Zeug aus den billigen Do-
sen, also wirklich, die Zweibeiner haben oft seltsame Vorstellungen – dann wurde meine Wohnung neu aufgeteilt in Bereiche, die ausschließlich

mir vorbehalten sind, und Bereiche, in denen sich auch Beutelchen-Öffner und andere Lakaien aufhalten dürfen. Und natürlich musste die Wohnung auch nach meinen Vorstellungen umgestaltet werden – ein schweres Stück Arbeit, Zweibeiner sind manchmal ja sooo schwer von Begriff.

Stellen Sie sich meine Enttäuschung vor, als ich feststellen musste, dass ich nicht die einzige Besitzerin dieses Hauses war. Es gab doch tatsächlich noch andere Wohnungen und damit Bereiche, die sich meinem direkten Zugriff entzogen! Und! Es lebten sogar noch zwei weitere Katzen im Haus. Diese hatten auch noch irrtümlicherweise die Meinung, das Haus gehöre ihnen! Ein Irrtum, der natürlich gleich behoben werden musste. Zum Glück handelt es sich dabei um zwei Kater – also ein leichtes Spiel für mich!

Silvester: groß kräftig, aber ein Feigling vor dem Herrn. Also kein größeres Problem – wie ich feststellte, reichen ein böser Blick und ein angedeutetes Grummeln, und er nimmt panisch Reißaus mit schreckensgeweiteten Augen.

Mit Oskar, einem hübschen hellroten Kater, hatte ich hingegen andere Pläne. Wo steht geschrieben, dass man nur zweibeinige Lakaien haben darf (grins). Die ersten Wochen ließ ich ihm die Illusion, er, der stolze Held, müsse das arme kleine wunderschöne Kätzchen vor der großen bösen

Welt beschützen. Er ging so voll und ganz in dieser Rolle auf, dass er gar nicht bemerkte, wie ich ihn langsam, aber sicher total um den Finger – pardon: um die Kralle – gewickelt habe. Inzwischen ist er mir hörig und somit ein praktischer Zeitvertreib. Er ist sehr vielseitig, geduldig und für jeden Blödsinn zu haben – also das perfekte Spielzeug.

Je nach Lust und Laune – meine Laune natürlich – kann man mit ihm schmusen, spielen oder ihn so richtig verprügeln, wenn mir mal wieder irgend 'ne Laus über die Leber gelaufen ist. Und was noch viel besser ist, er macht mir ständig die tollsten Geschenke: Halb erlegte Mäuse oder Vögel. Nicht, dass ich so etwas essen würde – igitt – aber ich kann sie dann meinen Zweibeinern als meine selbst erlegte Beute präsentieren und mir damit ihre Anerkennung und bedingungslose Liebe festigen. Die Zweibeiner sind ja sooo dumm, die meinen doch tatsächlich, das ist ein Liebesbeweis. Sie schmelzen förmlich dahin, nachdem der erste Schreck über die quietschende Maus oder den noch flatternden Vogel verflogen ist. Außerdem trägt es sehr zu meiner Belustigung bei, wenn sie z.B. versuchen, den wild umherflatternden Vogel aus dem Laden zu entfernen, ohne dass allzu viel Porzellan zu Bruch geht. Oder sie Sache mit dem

Eichhörnchen … (grins). Aber davon ein ander Mal.

Nachdem die Machtverhältnisse geklärt waren, machte ich mich daran, das restliche Haus zu erobern – zumindest die Bereiche, bei denen es sich lohnt. Meinen beiden Katern überließ ich großzügig ihren bisherigen Wohnraum, in erster Linie aber nur, um den Schein zu wahren. Was sich als sehr klug herausstellte: Denn kurz darauf bekamen dort die Zweibeiner Besuch vom Klapperstorch, und mit Babys und Kindern habe ich ja überhaupt nichts am Hut – und das egal, wie viele Beine sie haben. Damit wurde auch eine der Wohnungen im ersten Stock absolut uninteressant – dort gibt es sogar zwei Kinder. SCHRECKLICH!

WAS!!! Schon gleich neun Uhr! Jetzt aber schnell – der Laden macht gleich auf – und Vertrauen ist gut, aber Kontrolle ist besser – sonst meinen meine Angestellten am Ende noch, der Laden – also MEIN LADEN – gehöre ihnen.

Oh nein – muss das denn jetzt sein – nicht Speedy – kann man denn nicht mal in Ruhe in die Arbeit gehen, ohne dass einem ein Köter über den Weg läuft … „Speedy am Morgen bringt Kummer und Sorgen" … Mal ehrlich – so'ne morgendliche Begegnung mit einem keifenden Vierbeiner kann einem schon die Laune vermiesen… Na ja, wenn ich so recht überlege, eigentlich können sie einem ja fast leid tun – so als unterprivilegierte, von den Zweibeinern abhängige vierbeinige Lebensform.

A Hund is a bloß a arme Sau. Versteht mich jetzt bloß nicht falsch – nicht, dass ihr noch meint, ich MAG Hunde – nein, ich HASSE Hunde … wenn ich sie schon seh' – die können noch ewig weit weg sein, da reicht's mir schon, und ich verzieh mich – aber natürlich nicht ohne der Umwelt meinen Unmut kundzutun – es soll ruhig jeder sehn, wie genervt ich bin. Bisserl blöd nur, dass alle das falsch verstehen, natürlich vor allem die Zweibeiner (is ja auch nicht anders zu erwarten). Da stellt man seinen schönsten Irokesen auf und versucht top aufgewuschelt dem dummen Kläffer durch schauriges Grummeln seine Abneigung zu zeigen, bevor man geht, und was meinen alle: „Oh, hat die arme Mieze so Angst vor dem Wauwau …!" (und da wundert man sich, dass der Bildungsstand der Zweibeiner seit Jahren steil bergab geht?!). Aber manche Zweibeiner treiben's echt noch auf die Spitze – nicht genug, dass sie die Frechheit besitzen, ihren Hund mit in MEINEN Laden zu nehmen – obwohl sie wissen, dass ich da bin – weil ich nicht zu übersehen TOP GEWUSCHELT auf dem Schreibtisch stehe und laut grummelnd das Territorium festlege – nee – da wird der arme Köter mit der Leine in den Laden geschleift und: „Schau mal, Fifi, eine Miezekatze – schau doch mal da oben – da oben auf dem Schreibtisch – schau doch, die Miezi hat aber Angst – Fifi, schau da oben", bis der arme Hund dann schließlich doch tut, was er meint, dass sein Herr und Gebieter von ihm erwartet, und zum Keifen anfängt – falsch verstanden – war klar – zum Dank für seine bedingungslose Loyalität wird er angeschrien und aus dem Laden gezerrt.

Tja: HUNDE haben eben HERRCHEN und KATZEN zum Glück PERSONAL.

Da legt der Deutsche an sich doch wahnsinnig viel Wert auf Freiheit – Meinungsfreiheit – Versammlungsfreiheit – Pressefreiheit (zum Glück …grins) – freie Fahrt für freie Bürger … Aber was tut der freiheitsliebende Deutsche mit seinem treuen Freund und Begleiter, mit des Deutschen liebstem Haustier? Leinenpflicht für Hunde! Hier bei uns auf dem Land! Aber nicht für alle, nee, nur für die Großen, wo doch jeder weiß, das die kleinen Wadlbeißer viel schlimmer sind und in der Regel gar nicht folgen, vor allem diese kleinen keifenden Handtaschen ….

Glaubt ihr nicht!?! Doch, kann ich beweisen, hab gerade einen Artikel gelesen. Die Nachbargemeinde bekommt einen „Hundebeauftragten". Na, genau genommen heißt er „Hundekontrolleur". Der sorgt dafür, dass die vor zwei Jahren von der Gemeinde beschlossene Verordnung über „das freie

Umherlaufen von großen Hunden und Kampf-hunden" auch eingehalten wird. Dazu gehört nicht nur das „Verbot von Verunreinigungen" (nicht der Hunde, der Wege ...), sondern auch die Anlein-pflicht dieser Hunde im Gemeindegebiet auf öf-fentlichen Straßen, Wegen und Plätzen. Klar, was das bedeutet: Die armen Köter dürfen eigentlich gar nichts mehr – von wegen freudestrahlend mit wehenden Ohren durchs hohe Gras hüpfen – durch den Bach schlendern oder Stöckchen werfen am Chiemseestrand oder gar an der Ache – geht ja gar nicht! Wo sich doch bei der Gemeinde in letz-ter Zeit die Beschwerden über freilaufende Hunde und die „Ablagerung" von Hundekottüten und Hundekot an Wanderwegen am Achendamm und am Chiemseeufer häufen. Hey! Und was ist mit der ganzen Pferde- und Kuhscheiße, die ist kein Prob-lem oder – oder habt ihr schon irgendwo eine „Pferdetoilette" bzw. einen „Pferdeäpfelbeu-telspender" gesehen? Also ich nicht, aber Pferde-äpfel jede Menge auf allen Straßen und Wegen. Ich geb's ja zu, Hundescheiße ist widerlich, aber das mit der Leinenpflicht ist echt übertrieben! Ich seh's ja ein im direkten Gemeindegebiet auf den Bürger-steigen und vor allem in der Nähe von Kindergar-ten, Schule usw., aber draußen in der „freien" Na-tur? Wo sollen sie denn dann überhaupt noch lau-fen…. Im Moor dürfen sie nicht (Naturschutzgebiet - klar!) … im Wald auch, klar … am Ortsrand (genialer freier übersichtlicher Hundefreilaufplatz) ist jetzt der supertolle geniale und wunderschöne Golfplatz - also Hundefreilaufverbot und „Betreten auf eigene Gefahr" !!!!! SUPER !!!! Also dieser Golfplatz wertet den Ort und die Lebensqualität der normalen Dorfbewohner total auf … Achendamm und Chiemseestrand auch Fehlanzeige (Mann, bin ich froh das ich kein Hund bin!!!!).

Aber ist ja alles kein Problem, schließlich gibt es ja Schleppleinen. Eine der Nachbargemeinden hat seit neuestem eine Hundeschule mit „Agility Parcours", und im Notfall kann man immer noch die Verwandtschaft in der nächsten Großstadt besuchen, denn dort gibt's ja immerhin noch Hundeparks – denn in den örtlichen Kurparks sind Kinder und vor allem Jugendliche und Hunde weitgehend unerwünscht!

Jetzt muss man sich nur mal ausrechnen – bei einem Nettoverdienst von 450 € für den Hundekontrolleur und einem Busgeldkatalog von 20 – 150 €, je nach Vergehen, müsste …

Na ja, Spaß beiseite. Ich glaube fast, ich habe eine neue Geschäftsidee – wobei der Ausdruck „Geschäfts"-Idee echt passend ist (grins) … Ich glaube, ich geb' „Kotbeseitigungskurse" für unterprivilegierte Vierbeiner und zeig' den Hunden mal, wie man am besten seine Scheißehäufchen verbuddelt,

vorzugsweise im frisch umgegrabenen Blumen-
oder Gemüsebeet des Nachbarn oder vielleicht
sogar des Bürgermeisters ...

So, aber jetzt genug getratscht, die Arbeit ruft, ich
verdien mein Geld schließlich nicht mit Geschich-
tenerzählen ... obwohl ... vielleicht wär das gar
keine schlechte Idee ... Ich könnt euch da Sachen
erzählen ... aber das ein ander Mal ... als Chefin
hat man ja schließlich immer was zu tun ... erst
mal den Laden kontrollieren, nicht dass meine
Lieblingsplätze wieder verstellt sind. Und dann
muss ich ja noch mein Haus und die Umgebung
inspizieren, nicht, dass mir da was entgeht ... und
dann ist da ja noch Oskar ... mal schaun, ob er
nicht 'ne nette Überraschung für mich hat ... oder
ich für ihn ... miau.

Animorphus

Johann Stephl

Es war einmal ein Tier, das hatte ein sehr einfaches Leben. Die bayerischen Alpen und Wälder waren sein Reich, voll mit Leben und Abenteuer, und das Tier war der König dieser Wälder.

Wollte es Wild jagen, so hat es sich die Läufe und den Rachen eines Wolfes wachsen lassen; wollte es Mäuse jagen, so wuchsen ihm die Schwingen und die Klauen der Eule; wollte es Fisch essen, so hat es sich Watscheln wachsen lassen und einen Schnabel; wollte es Honig essen, so wuchs ihm das Fell eines Bären; und wenn es die Blumen und das Gras der Wiese genießen wollte, so hatte es plötzlich die sieben Mägen einer Kuh; für die Wildkräuter der Berge wuchsen ihm der Bart und die Füße einer Ziege.

Oft aber genoss es einfach das, was andere Tiere nicht verbinden konnten. So flog es durch die Luft wie ein Adler hoch hinauf und sah alles, hatte aber gleichzeitig den Geruchssinn eines Rehs und konnte so von den Alpen bis zur Sahara riechen und noch weiter bis zu den Dschungeln des Amazonas. Es grub sich unter die Erde wie ein Maulwurf, und hatte gleichzeitig die Ohren eines Hasen und hörte alles von der Erde, hörte, wie sich langsam die Alpen doch noch bewegten, hörte es rumsen weit weg, wenn irgendwo Vulkane explodierten, hörte diese beruhigenden Geräusche des Erdkerns selbst, das klang, wie wenn wir eine Muschel gegen unser Ohr halten und so unser Herz hören, ein tiefes melodisches Brummen das alles auf der Erde erfüllte. Es flog mit dem Schwingen der Eule in der Nacht nach oben und blickte mit den Augen des Adlers in die Sterne und sah ferne Sonnen und andere Planeten und fragte sich, wie unsere Erde von ferne wohl aussieht.

Es ging ihm gut, aber etwas fehlte. Es kannte die anderen Tiere, und es wusste, dass es von allen immer zwei gab. Ein Weibchen und ein Männchen. Aber es gab kein Zweites wie es selbst. Wo sollte es auch suchen, falls es doch noch so eines wie es gab, war dieses doch nicht zu erkennen? Es würde ein Wolf sein oder ein Bär, ein Vogel oder ein Fisch, würde aussehen wie alle anderen und wäre doch anders. und so was konnte man nicht sehen, oder riechen oder fühlen? Wenn es überall zwei gab, was war es dann selbst? Auch das konnte es nicht wissen, es konnte alles sein, aber was war es dann? Die Sterne, das Leben und die Erde. Musste da mehr sein?

Traf es die anderen Tiere in deren Gestalt, so redete es immer mit ihnen. Es kannte also alle Geschichten, aber immer wenn es von sich selbst erzählte, konnten sie ihm nicht glauben. Oft hänselten sie es, wenn es ehrlich war, als wäre es dumm. Es hatte aufgegeben, seine Macht des Körperwandelns zu beweisen, denn dann waren sie mit ihm immer übel umgegangen. Sie nannten es Teufel, beschimpften und jagten es.

Lange hatte es ein einfaches Leben, nur irgendwie hatte es alles schon gesehen, viel mehr als alle anderen Tiere. Hatte die Geschichten der Wölfe den Hasen erzählt und die Geschichten der Fische den Kühen. Es war der Wanderer und auch der Narr, schon lange gab es Geschichten unter allen Tieren über ihn. Jetzt nach all der Zeit erzählte es die Geschichten, die entstanden waren, weil es Geschichten erzählt hatte. Es hatte den kleinen Hasen von den fernen Dschungeln erzählt und wie sie riechen. Es hatte den kleinen Wölfen vom Erdkern erzählt und wie er brummte. Es hatte den Mäusen von den fernen Welten im Himmel erzählt. Jeder würde sich erinnern, sie alle wussten, was es wusste, und träumten, weil es war, wie es war. Sollte das reichen?

Wie alt es wird, konnte es nicht sagen, es war schon länger da als die Bären. Selbst die ältesten von ihnen kannten es noch als Junges. Es war schon viele Monde da und viele Sommer. Es kannte noch die Eltern der Eltern der ältesten Tiere. Aber auch es würde enden, so dachte es. Die Sterne, das Leben, die Erde, die Geschichten und die

Träume aber würden bleiben, und mehr war es ja nicht.

Als die Menschen kamen, war es wohl noch kurz da, denn ich kenne ja seine Geschichte. Vielleicht ist es mir auch schon begegnet, und ich habe es nicht erkannt. Vielleicht hat es auch einen gefunden, der so war wie es, oder es hat doch mal als Hase ein Ei gelegt, und es gibt es wieder. Vielleicht hat es tausend Kinder, und ich bin eines davon. Vielleicht ist vielleicht ein Wort, das es nur gibt, weil es Geschichten erzählte. Ich weiß es nicht, doch ich mache, was es macht, weil es weise war. Ich sehe alles, rieche alles, höre alles, mache die Leute träumen und verbinde die Geschichten dieser Welt miteinander. Am Ende wird von mir trotzdem vielleicht nicht mehr bleiben als von ihm, aber irgendwie ist es doch noch da, denn ich kenne ja seine Geschichte, kenne die Geschichten vom Wolpertinger.

Der Jagdhund des Großvaters

Inge Witt

Tell, so hieß der Jagdhund meines Großvaters. Beide gingen mit Freuden zur Jagd, und auch ich durfte sie manchmal begleiten. Ansonsten verbrachte Tell den Tag in seiner komfortablen Behausung, die man damals Zwinger nannte. Er durfte immer bei den Gehorsamsübungen und dem Training mit Opa auf die große Wiese hinter dem Hühnerstall. Das machte beiden sichtlich Spaß; ich meinte sogar ein Lächeln in Tells Gesicht beobachtet zu haben, der alle Übungen mit Bravour erfüllte. Denn Opa war immer sehr zufrieden mit ihm.

Jeden Sonntag, wenn die Oma zur Kirche ging und Großvater alleine war, öffnete er sein Harmonium. Über den Tasten lag ein rotes, mit Goldfaden besticktes Samttuch. Vorsichtig nahm er es von den Tasten und legte es behutsam zusammen. Ich durfte nur in Großvaters Beisein an seine Sachen und auch dann nur anfangs einmal den Blasbalg des Instrumentes treten. Meine Kraft reichte aber nicht aus, um der Orgel einen schönen Ton zu entlocken, also befreite Opa mich vom Probespiel. Nun öffnete er das Fenster, von dem man aus direkt in den Hundezwinger sehen konnte. Tell saß schon mit aufmerksamem Blick da und wartete auf das Konzert, in dem er keine unwesentliche Rolle spielte. Opa begann nun mit tiefer Hingabe zu spielen und zu singen. Es hörte sich fast so an wie die Gesänge im Mönchskloster Neresheim, das wir schon öfter besucht hatten. Als der Hund sein Herrchen singen hörte, stimmte er mit ein. Es war nicht zu übersehen, welche Freude es Großvater machte. Manchmal vergaß er die Zeit, und seine verärgerte Frau, die den Hund schon von weitem jaulen gehört hatte, kam schimpfend zur Tür herein und schloss sofort die Fenster. Sie dachte, dass sich die Nachbarn belästigt fühlten.

Als Großvater viel zu früh verstarb, folgte ihm sein treuer Gefährte. Wir versuchten Tell zu füttern, doch er verweigerte das Fressen. Oma weinte viel, und ich hatte die Hoffnung, dass es einen Himmel gibt, wo wir uns alle einmal wiedersehen.

… und zum Schluss:

Wer hat zu diesem Buch beigetragen?
In erster Linie viele Mitglieder des Vereins „Chiemgau-Autoren e.V.". Außerdem einige Schreibende aus dem „Münchner Literaturbüro e.V." sowie weitere Schriftstellerinnen und Schriftsteller. Allen sei herzlich gedankt!

Aber was wären die Texte ohne ansprechende Präsentation? Dafür sorgte Anna Werr mit der Gestaltung des Umschlags, für den Walter Niederberger die malerische Vorlage geliefert hat. Auch sie wollten durch ihren Beitrag den guten Zweck unterstützen.

Der Verein „Chiemgau-Autoren e.V.", 2015 gegründet, will seine Mitglieder in ihrem literarischen Schaffen fördern und auch Kinder und Jugendliche zum Schreiben ermuntern. Dabei soll auch die Mundart ausreichend Platz finden. Mehr unter www.chiemgau-autoren.de.

Ihre Tiergeschichte

Bestimmt hatten Sie auch schon wunderbare Begegnungen mit Tieren auf den Wiesen und in den Wäldern oder mit Ihren Haustieren daheim.

Hier ist Platz für Ihre ganz persönliche Tiergeschichte: